一个人的河

殷慧芬

上海書店出版社
SHANGHAI BOOKSTORE PUBLISHING HOUSE

目录

虹口梦忆

缘结嘉定

平常日子

文心告白

虹口梦忆

阿爸的故事：绰号“小铜匠”

1958年的夏天，八岁的我站在“一中心”的教室里，一位挽着发髻的女老师对着我轻声细语。老师讲的是一种口音浓重的普通话。我一脸困惑，只得沉默。窘迫中，我习惯地拉起衣角慢慢地咬啮起来。衣角有很多咬啮时留下的小洞。这是我长牙的时候留下的习惯。也许正是这个动作促使老师下了决心说，小朋友，放下来，不卫生的呀。

我走出教室的时候，等在外面的阿爸着急地问：哪能了？哪能了？阿爸一身中山装，整齐挺拔，俨然一位先生。

现在已经无法考证当初我没有能够如愿以偿进“一中心”读书，是因为不卫生的习惯，还是因为听不懂老师的宁波官话？总之阿爸非常失望。

“一中心”坐落在三角地菜场的右侧。弄堂里的人都知道这是上海虹口一带最好的小学，它的全称是“虹口区第一中心小学”。我家是弄堂外围的街面房子，站在家门口，可以看到马路对面这所小学高高的校舍，听到它的上下课铃声。

昔日三角地菜场

这条街上的人把“一中心”的铃声是当作时钟来使用的。比如中午的下课铃声拉响的时候，在我家聊天的隔壁黄家姆妈就会急着往后弄堂走，回去淘米烧饭了。黄家姆妈，简称黄家。20 世纪 50 年代的时候，这个弄堂里的居民相互的称呼是先生或者老板。女人们的称呼就简约多了，以男人的姓氏替代，比如：黄家、杨家、张家……也有以籍贯来称呼的：小宁波、老无锡、老山东。还有以人性格或者外形起绰号的：老屁眼，猢狲精，洋辣子，老白蟹，老白眼，大块头，电线木头等等。最滑稽的是 12 号里的张革履，因为他老是西装笔挺。

阿爸的绰号是“小铜匠”。这是他的职业。就像有人叫张木匠、穆裁缝。从阿爸的绰号可以分析，他来到这条街上的时候是十分年轻的。

我的绰号是“排骨精”，这是因为我非常瘦弱。

那年我从“一中心”落第，成为峨嵋路小学的学生。这个小学在三角地菜场的楼上，是一座新办的小学。新办的小学是没有底子的。上海弄堂里的人很相信老底子。“一中心”的老底子是教会学校，一百多年前三角地还是

小时候居住过的弄堂

一片农田的时候，它就已经屹立在这里了。

我去三角地上学的时候，看到穿着橡皮衣的工人用巨大的铁钩牵着冷冻的猪肉，在菜场二楼走廊里穿梭，我们擦肩而过。天光暗淡的走廊里，散发着肉类特有的腥味。

很多年以后我成了一个文字工作者，我去卢湾区采访一位百岁老人，老人说三角地呀，上海最大的菜场了！60年的时候，我天天乘头班电车去买菜的呀，三角地的货色多呀，小人要吃呀。那个天光暗淡的早晨顿时重现在我的眼前，连同肉类的腥味。我有一点点感慨。

有很长的时间，我不要同学到自己家里来。我家的屋檐下挂着一个很大很大的钥匙，是用白铁皮敲出来的，钥匙的牙齿高低错落，非常逼真。这是铜匠铺子的招牌。过路人远远地看见了就知道这里是铜匠铺。阿爸是一名无锡铜匠。看着阿爸早起晚睡的，我就很羡慕楼上的小秀。楼上小秀的阿爸杨先生在外滩海关的写字间上班，有时候还喜欢甩一根司的克在小街上兜兜商铺，很有风度的样子。我自己的阿爸老是蹲着劳作，脚上已经是青筋爆出了。我想，阿爸当初发了洋财就好了，可以住在洋房里，不要在峨嵋路这样的小马路上挂一个大钥匙了。三角地附近的塘沽路、昆山路上有很多红墙的小洋房。就在我家的斜对面，有一个类似广场的弄堂，里面也都是式样别致的小洋房。夏夜我们坐在街沿上乘风凉，听老人讲老底子的故事，想的就是将来要住到这样的洋房里去。

我现在还生活在这个世界上，我还在做住洋房的梦。阿爸已经不能做梦了。他去了另一个世界。

1846年美国传教士在虹口“一中心”的地皮上造学校的时候，看中的是虹口这块空旷的处女地。三角地可以说是虹口成市的最早的雏形。形成后的虹口租界并没有吸引来大量的洋商，倒是无数的江浙两省、广东省、山东籍的移民顺着苏州河源源不断蜂拥而入，其中就有大批的无锡铜匠和铁匠。当然也有思想激进的革命党人。相比之下，虹口租界无疑比较自由。1931年，18岁的阿爸一身长衫追随着早先的无锡同乡来到上海虹口。不知底细的人以为他是个青年学生。其实他只是一个家有几分薄田的农民儿子。他不是来追随革命。他满脑子想的是来上海滩发洋财。

那天阿爸在“一中心”外面衣装笔挺的样子，令我觉得阿爸像个坐写字间的先生。我就是在这时候强烈地意识到阿爸要面子的性格。听姆妈说租界时期阿爸出门在外，办事见客必定是长衫、皮鞋，风度翩翩。阿爸的长衫曾经带给他很大的麻烦。日本人统治时期，阿爸过年回无锡乡下探亲，身着长衫，手提皮箱，很有一点衣锦回乡的味道。谁知走近村口的时候，碰到邻村的回乡团，团丁看阿爸一身斯文，怀疑他是上海来的共产党，竟扣住不放，后来经村里的熟人“和尚”出面担保，方才脱身。为此阿爸破费了好几块大洋。“和尚”是阿爸的同乡，秃顶，喜欢在市面上混混，性格直率。我见过“和尚”，是个说话大声身子肥硕的老头，经常到上海找阿爸喝老酒，喝得酒水糊涂。姆妈虽然十分嫌弃，却也无奈。

无锡铜匠在老上海是很有名气的手工艺人。最早的上海江南制造局的工人，人称外国铜匠，就是无锡铜匠转化来的，他们是中国第一代机器工人。阿爸却拒绝成为一名产业工人。他执著于当老板的梦。他还有非常男人的理由：“厂里不自由。”

租界时期的虹口是小业主的天堂。虹口市面上流行这样一句话：“江浙老板，广东小贩。”那些江浙两地的小老板们在虹口发了财，其中的佼佼者就向闸北、杨浦发展，进入大工业领域。他们带走了大批同乡。这些成功者的榜样显然刺激了阿爸。阿爸一度收了个叫根宝的学生意，让他跟家里女人做饭洗衣抱孩子。还让根宝称呼自己老板。我年幼的大姐自然成了千金小姐。

这事发生在我出生之前。我是在阁楼的小皮箱里发现这个秘密的。皮箱的衬袋里有一张阿爸和根宝父亲的契约。契约上写着根宝在三年学生意期间：一日三餐，粗茶淡饭；天灾人祸，生死由命。这时候正是上海滑稽戏“三毛学生意”走红的时候。三毛学生意的悲惨遭遇人人皆知。我从此看阿爸就有了一种复杂的异样目光。

阿爸的故事：发财的梦想

说起来，阿爸的一生还是有过不少发财机会的。

租界时期，虹口就是日本侨民的聚居地。我家附近塘沽路上的日本人俱乐部夜夜莺歌燕舞，车水马龙。有一天日本人不知怎么打听到了峨嵋路小铜匠，客客气气地把阿爸请到了俱乐部，说是请他开锁。来人非常诡秘地从一楼厨房后面拐进楼梯，把阿爸引进三楼一间豪华的和式套房里，房间中央立着只半人多高的保险箱。来人叽里咕噜地比划了一阵，不用多说，阿爸就明白了是要他打开保险箱。

塘沽路上的日本人俱乐部

来人吩咐完毕就退了出去。阿爸稍稍安定心思，就对着保险箱捣鼓起来。琢磨了老半天保险箱终于有了动静。阿爸不假思索地拉开门。没想到这一拉，里面成捆成捆的美元和黄金首饰竟哗啦啦地滑落了一地，把阿爸吓得心怦怦乱跳。此时四周空无一人，阿爸只要伸手，发财的梦想立时就能实现。但是阿爸没有。阿爸后来冠冕堂皇的说法是，人穷志不短。我却猜想阿爸是不敢。因为当时日本人在虹口实行非常酷烈的统治，小偷一经抓获立时枪毙。

大概日本人自己也不清楚保险箱里的秘密吧，要不怎么会把阿爸一个人留在房间里呢？又假如日本人知道阿爸发现了保险箱的秘密，很难说他们不会杀人灭口。阿爸思索良久，弯腰拾起地上的金钱，一文不少地放回保险箱，恢复原样，重新锁上了保险箱。

“哈意，这只保险箱特别的，本事没有的。”阿爸不动声色地对日本人如是说。他两手空空灰溜溜地离开了日本人俱乐部。手工艺人最大的骄傲和光荣就是本事，此时阿爸却违心地说自己“本事没有的”，这要有一点自戕的勇气。小铜匠开锁的本事在当时三角地一带可谓闻名遐迩。现在他自己把自己打败了。他后来很长时间不再上门替人开锁。“东洋人，日本赤佬！”阿爸愤怒的时候会这么嘀咕一句。

小时候我经常走过塘沽路，我有一个要好的女同学，就住在原日本俱乐部旁边的民居里。我本来对这一切熟视无睹，知道了阿爸的故事后，走过这栋古典主义的西式建筑，就要抬头看看。它挂着“浦江电表厂”的招牌，昔日泊满豪华小车的门口，如今堆着一摞一摞的包装箱。

大楼中间顶部，白色大理石花饰镶嵌在高高的半圆拱窗上，散发出一种极端的华美和邪气，还有依稀的狰狞，和三角地一带平和的居家气息显得格格不入。我会想，三楼的哪一个窗口曾经发生过有惊无险的一幕呢？假如当初阿爸在那只神秘的保险箱里伸了手，我们一家的生活会发生怎么样的变化呢？

我后来初恋的时候喜欢在这里和男朋友碰头。夜晚，那深长的美丽拱窗射出隐隐的灯光，影映出往日的神秘。我就和男朋友说阿爸的故事。

五年以后，发洋财的机会又一次向阿爸招手。那是1946年，抗战胜利后。居住在三角地附近的日本侨民开始大批撤离遣返。我家的这条街，日式商铺和中国商铺犬牙交错，街对面弄堂的一排小洋楼里居住的全部是日本侨民。曾经一度，不少日本人觉得这里的生活和日本本土没有什么两样。现在他们要痛苦地撤离了。由于仓促，他们只得把一些生活用品廉价拍卖。他们自己不敢公然出面，还有一些日本商人也急于把自己的货物出手，弄堂里就有不少人乘机当掮客，收购倒卖日货。有很多日本生活用品就这样散落到弄堂人家。我家里就有一只小小的奶锅，我和兄弟姐妹，还有我们的孩子都喝过这只奶锅热的牛奶。家里还有一只精致的藤编小桌，矮矮的，完全是东洋造型，我在上面做过功课。姆妈习惯用的饭碗也是东洋货，它的造型比一般的中国饭碗要深。姆妈说这样的东洋碗当时买了十只，几十年来，最后就剩这一只了，用到死也差不多了。很奇怪的，1996 年母亲过世的时候，这只饭碗还在，后来再有人想起这只饭碗，就怎么也找不到它了。

阿爸在 1946 年倒卖日货的浪潮中，成为一名临时掮客。当时市面混乱，不少人顺手牵羊，阿爸前脚从对面日本绒线行背了一麻袋绒线放在后门口，上去一趟，再下来，后脚一麻袋绒线已经不翼而飞了。乱世，乱世呀。阿爸捶首顿足。在吴淞路一家日本写真馆老板的怂恿下，阿爸收购了他一只德国蔡斯照相机。据阿爸后来回忆说，那是一个庞然大物，镜头清晰，好得一塌糊涂。阿爸没舍得拿到集市上去。十年后父亲把这只照相机变卖了一笔现钱，它使刚出生的阿七头喝上了新鲜的牛奶。

我猜想阿爸倒卖日货的时候发了一笔小小的横财。好几年以后，我听见姆妈在对阿爸悄悄嘀咕说，家里的老底都吃光了，日本人辰光买的金戒指也倒给黄牛了，过年哪能办？这个时候阿爸已经进了国家工厂，再也没有机会发洋财了。姆妈无钱开伙仓，生气的时候就骂自己的孩子是讨债鬼。“讨债鬼呀！吃饭像抢羹饭，吃得肚皮青筋起，不管爷娘死不死！”

阿爸还有过一次发达的机会。那是他的一个无锡同乡，1941 年的时候去参加新四军，临走前来跟阿爸借盘缠钿，心血来潮拉阿爸一起走。30 岁的阿爸想了半个时辰，就回头了同乡。这时候的阿爸正是新婚，30 岁的男人好不容易讨了老婆，正是热身的时候，哪里肯离开炕头？后来这个同乡革命成功，回上海成了一家机关的领导，在外滩大楼里上班，他把阿爸请去做客。阿爸后来一次次地回忆说，土八路呀，好好的房间，席梦思反着困，抽水马桶蹲着用。阿爸的思想是有一点反动的。

我开始看外国“闲书”的时候就变得和阿爸、和家里的人不调和了。这是“闲书”对我的毒害。凡是教科书以外的小说书，尤其是翻译的外国小说书，阿爸都认为是“闲书”，一概划入禁区，不许看。这时候的阿爸已经安于现状，他早已放弃了他的发财梦，成了一爿国营工厂的老师傅了。

那些外国“闲书”大多是隔壁汏衣裳店里的营业员美英借的。我至今都不明白成年的美英为什么会借书给我一个六年级小学生？而且我对美英表现出一种隐隐的疏远。美英叽叽喳喳的，阿爸说她是十三点。尤其是美英和拐弯角摆摊头的小皮匠搭上了，闹得都不回家了，阿爸就更看不起美英了。美英因为处在一个姑娘最微妙的阶段，就老是找一些充满悲欢离合的“闲书”看。比如：《父与子》、《初恋》、《安娜·卡列尼拉》、《美国悲剧》、《奇婚记》、《傲慢与偏见》、《简爱》、《基督山恩仇记》……我看这些书显然是过早了。我无法抵御和分辨精彩的虚构世界。当我偶然间听到姆妈和阿爸在发愁说，过年哪能办？我在失望中有一些怨艾。阿爸既没有发财也没有参加革命，这使我感到非常遗憾。

屋檐下挂着的大钥匙早已经取下来了。

峨嵋路成了普通的居民街

是1960年的时候吧，仿佛是一夜之间，商铺林立的峨嵋路成了普通的居民街。国家调整商业网点，小商铺关的关，并的并，留下的只有日常生活必须的老虎灶、剃头店、煤球店和烟纸店了。阿爸的铜匠铺也难逃此关。阿爸的抽屉里，还留着一大把用粗铅丝弯的开锁工具。在我看来犹如一把乱头发，但对阿爸来说却是宝贝家什，私自留下放在家里也是为了一种心情。

店铺改成了家用的客堂。看着新砌的白墙和红窗，我感觉到一种新生活的气息。从这以后我家里就对同学开放了，峨嵋路小学三年级的学习小组三天两头开在我家里。

阿爸却是无奈的。他终于完成了无锡铜匠向外国铜匠的转变。这是手工业向大工业文明的投降，向始终没有实现的发财梦想告别。

阿爸的故事：眼角的浊泪

阿爸的年轻形象定格在一张大照片上，身着长衫，发型对开，手持折扇，双目明亮，脸庞俊朗，真可以说是像唱戏人一样。我们弄堂里的小姑娘认为某某长得好看，就说他（她）像唱戏人。

1949 年以前，阿爸最喜欢的服装就是长衫。可惜我没有机会看到。我生活中看到的阿爸夏天打赤膊，冬天穿一件陈旧的列宁装棉袄。他唯一的一件黑色呢制大衣，在我 16 岁时，经姆妈改剪，成了我的一件新衣服。那年我发育成人，姆妈认为到了讲究体面的时候了。这件呢制服的衣料质地细腻，毛感温和，阿爸说是英国货，也是日本人撤离时留下的。

改制后的大衣非常漂亮，连楼上的小秀也对我刮目相看。这件大衣我穿了整整20年。随着时光的流逝，我已经遗失了阿爸的呢大衣。但阿爸的慈爱永远不会流失。

阿爸一生爱清洁，喜欢吃新鲜鱼类。这是当初日本化街区留下的习俗。当时三角地菜场有一百多家日式鱼店、小菜店、点心店、衣料店、木屐店，供应从长崎运来的新鲜蔬菜、鱼类等。中日混居，两国的文化和习俗互相渗透。阿爸就是在这时候开始讲究新鲜饮食和洗浴的。

弄堂里的老人大多还能说几句洋泾浜日语，夏夜乘风凉的时候，小孩子跟着他们学“米西米西”。很多人家至今还留有日式移门。我家楼上，二房东杨先生房里就是和式门窗，细格子的窗棂，透出一种别样的风情。我至今还记得夏天姆妈用的日本木屐，后跟高高的，鞋带夹在第二和第三个脚指头之间，上面绘有精致的花鸟漆画。这是阿爸当初在三角地日式商铺里买的。这些日本习俗和日用品漫不经心地遗留在弄堂的角角落落，弄堂由此增添了几丝难以触摸的异域风情。

最令我惊异的是，阿爸熏陶传承给我们的还有日式习俗。比如吃饭“用筷八忌”：1. 舔筷——把筷子当手指一样舔。2. 迷筷——手拿筷子在餐桌上四处寻找。3. 移筷——动一个菜再动一个菜。4. 扭筷——扭转筷子，用舌头舔筷上的饭粒。5. 插筷——将筷子插在饭上。6. 淘筷——将菜从中间淘开。7. 跨筷——将筷子骑在碗碟上面。8. 剔筷——将筷子当牙签用……从记事开始，为这八忌，我们不知道吃了阿爸多少“麻栗子”，至今想起仍心有余悸。值得骄傲的是，我们家的孩子在饭桌上一个个都是绅士和淑女。很久以后，我在一本旅游书中发现，这用筷八忌竟是日本习俗。

这个弄堂里还居住着一个以前做过日本翻译的“汉奸”。这是“文革”时揭露出来的。据说这个“汉奸”在家里过的完全是日本式的生活。揭露出来以前，我看他是一个正正经经的老头，夹着公文包在弄堂里进进出出。大字报贴出来后，我就发现他确实像个“坏人”，头发老是抹得光溜溜的，皮鞋也是靴子式的，像电影里的日本鬼子。这个“汉奸”翻译后来跳楼自杀了。这是天蒙蒙亮的时候，睡着的我迷糊中听到后弄堂“嘭”的一声巨响，天亮后才知道发生了什么事。

从这以后阿爸就再也不敢提过去租界时代的故事了。

但是阿爸在租界时期养成了每天汏浴的习惯。他经常去的浴室是天潼路的清华浴室。阿爸临终前还坚持去医院浴室冲了一把，第二天就不行了。医生说是冲淋着了凉，导致疾病恶化。因此可以说阿爸的死因是汏浴。阿爸过世时，我不在身边。据说当医生宣告死亡的时候，已经停止呼吸的阿爸，眼角竟渗出一颗大大的浊泪。在我的印象中，阿爸是从来不流泪的。

退休后的阿爸有两个活动场所：一是三角地，一是外滩。阿爸早上先去三角地买小菜，接着提着小菜篮就大踏步地赶到外滩去练身体，如此来来往往，不厌其烦。阿爸练的是十八法。这时候阿爸已经非常慈祥，非常随和了。

最早的时候外滩和三角地是遥遥相对的，中间隔着一条蜿蜒的苏州河，一派田园风光。随着一栋栋民居的兴起，外滩渐渐地成了三角地的背景，有了距离。三角地的人听到外滩是很亲切的。假如离家外出谋生，他们要到外滩去拍照留念。他们会指着照片上的外白渡桥对朋友说：过桥就是阿拉三角地。站在外滩拍照，对外地人来说是游览大上海，对三角地的人来说却是一种居家的感觉。当初外滩最霸道的建筑是上海大厦，它雄立在外白渡桥的桥堍，俯视着外滩有名的万国建筑群。但是三角地的人看上海大厦是很亲切的。上世纪60年代的上海大厦门户紧闭，很神秘。大厦下面空旷无人，穿堂风一阵接一阵，夏夜是人们乘风凉的风水宝地。三角地的人在太阳刚刚落山的时候就要去抢位置了。有一次阿爸带着我们在大厦下面乘风凉，说起里面的商场、酒吧、舞厅，竟然如数家珍。原来有一年大厦的钥匙弄丢了，是阿爸一个楼面、一个楼面地跑，开锁配钥匙，大显神威。

有一次拍全家照，阿爸坚持要到外白渡桥，桥堍旁有一家很小很精致的照相馆，据说都是名人光顾的。待家人都站好后，摄影师举着橡皮快门，打量着阿爸身边的儿子媳妇女儿女婿，还有孩子的孩子，说老师傅你好福气呀。

阿爸去世十年以后，有一天我回家看望母亲，突然有陌生人敲门，说是从老远的地方寻来，打听峨嵋路“小铜匠”，说是家里的钥匙丢了，进不去，找了很多人都打不开。来人走后，姆妈嘀咕着说：“碰到赤佬了！”从这以后姆妈的身体就一天不如一天了。姆妈又说日本赤佬也来寻过老头子，是以前在这里开鱼行的，他到中

父亲母亲（右）和叔叔婶婶（左）在虹口公园

国来旅游，顺便来看看当年的老顾客。“老头子到阴间去吃他的鱼了。”姆妈依旧保留着她年轻时的幽默。

阿爸故世后，仍有人满怀希望地从老远地方寻来。我恍然明白，原来有一些东西，虽然普通却是不会死的。比如一个人的手艺。这时候的我对阿爸已经没有一点怨艾。这是因为岁月的洗涤。可惜我已经不能告诉阿爸这种感受了。

阿爸一生都没有实现年轻时候发财的梦想。他一生都没有离开虹口三角地，没有离开这条峨嵋路，这个弄堂。他当初一身长衫独自来到虹口，他离开这个世界的时候，也是一身简单的衣衫。

母　亲

母亲去世了。母亲的一生是平凡的，辛苦的，也是乐观的。作为一个普通工人的妻子，母亲以她开朗的性格和灵巧的双手养育、拉扯大了七个儿女。她一生含辛茹苦、节衣缩食。想一想，七个小孩要读书、要吃饭、要穿衣，有时候还要大哭小叫，那情景假如临到自己头上，简直是一种灾难呀，而且父亲工资微薄，常常是东挪西借地勉强度日。现在的我，没有勇气设身处地去想象母亲的难处。

记得有一年开学前夜，吵着跟母亲要学费。半夜里醒来的时候，发现母亲和父亲在黯淡的灯光下扳着指头反复核算着第二天孩子们的开学费用，我听见母亲深深的叹息。那夜我躲在小阁楼里默默地流了很久的眼泪。回想小时候的饭桌，虽然简单，但总有母亲烹调的热饭热汤，母亲乐呵呵地给我们分食，责怪我们“吃得肚皮胀鼓鼓，不管爷娘苦不苦”。母亲爽朗地笑着，她是乐观的。记得隔壁弄堂有个独身的漂亮女人，养着一只波斯猫，她最喜欢看我们家的两个男孩“每日欢呼趋走，精

作者年轻时与母亲

神不倦”。现在想起来，她看母亲和小孩的眼神里充满了羡慕。过年的时候我们每个孩子也都能穿上母亲亲手缝制的新衣。在那些贫困的日子里，我们七个兄弟姐妹没有挨饿、没有失学、没有穿过破衣烂衫，是母亲灵巧的双手、贤惠的品格给了我们温暖，给了我们做人的尊严。

母亲一生只出过三次远门，一次是大姐在部队里受伤住院，一次是她外地的孙子生病住院，还有一次是去北京的二姐家“散散心”。前两次她都是流着眼泪孤单单地、怯生生地急着踏上火车，一次还是父亲预支了工资，买的车票。最后一次她拖延了很久，直到二姐来接才成行，没几天又急急地赶回来。她后来再也没有去旅游过。

细想起来，我们每个儿女成长的道路上都留下了母亲的眼泪。在母亲 73 岁的人生中，她位低而人品不低，她全心全意的母爱给了我们达观人生的勇气，鼓舞了我们立足社会，自强不息。

“子欲孝而亲不在”，母亲给我们的太多太多，而我们给她的太少太少，这一份遗憾已经永远无法弥补。但是那一份母爱将永远留在我们心里。

过去的灯光

20 世纪 50 年代的时候我们租住在上海石库门老屋底层，楼上的二房东杨先生在外滩海关做，进出总提着一根司的克，很有气派。每个月的月初他下楼来收房租和水电费，而且总是晚上来。

那时候水费是按人头算的。电费么，因为每栋楼只有一个火（电）表，每家的用电量按照灯头来算。灯头的功率，二房东只允许你用 25 瓦的，俗称 25 支光。杨先生晚上来收电费，假如发现屋里很亮，他会疑神疑鬼地看，怎么换灯了？父亲就会气愤地说，杨先生你眼睛张张大看呵！有一次父母不在家，家里“小鬼当家”，前屋后屋同时亮灯，偏巧杨先生来收电费，他看了不高兴，说你们小开呵？派头介大！怪不得电费这么高，我要告诉“大无锡”，收作你们！事后父亲勾起中指敲我们的小脑袋，狠狠赏了我们每人两个“麻栗子”。

“大无锡”也是我父亲的绰号。或许因为他的口音，或许因为他的正直。30年代，父亲从无锡乡下跑到上海闯荡，想必也是有过雄心壮志的。后来父亲成了一个很本分但脾气很倔的技工师傅，他信奉的人生准则是不偷不抢不贪别人的便宜。为了显示自己的清白，也为了能在杨先生面前说话声气胖点，家里从此就永远只能亮一盏灯。并且非得等到天色伸手不见五指了才能亮灯。

每天晚上客堂里亮了灯，母亲在灯下缝补，我们四五个兄弟姐妹就挤在一张饭桌上做功课，父亲则在街坊与人闲聊。至于上阁楼睡觉是不能开灯的，只能借着楼下客堂微弱的灯光摸索着钻进被头。我那时候刚学会阅读，嗜书如命，无论是哥哥姐姐的教科书还是买东西的包裹纸，凡有文字我都爱不释手觉得新奇。有时候我看得出神，没意识到该是熄灯上床的时候，父亲什么也不和你说就干脆利落地关了灯，我只能一脸委屈恨恨地摸黑爬上阁楼。

家里开灯的限制越来越多。夏夜，一家子在门口乘

作者重回小时候居住过的地方

凉，屋里的灯照例是不能亮的，只有对马路老虎灶的灯光水一样漫过来，我就在这样的灯光下看书。冬夜则早早被父亲赶上了阁楼，躲在被窝里，老虎灶的灯光绕过窗棂弯曲地照射到阁楼的墙上，我就把书附在墙上偷看，直到老虎灶的灯光在静寂的夜里暗了，我才黯然而眠。这样看书的结果是视力急剧下降。

我后来一直很抱怨我的童年，抱怨父亲，抱怨家里的灯光，抱怨困顿的家境。昏暗的灯光使我早早地就成了“四眼”。

1968 年 9 月，我进了工厂。第一天上班，走进车间只听到马达轰鸣，喊话也听不清。我头晕了。师傅却毫不在乎置若罔闻。我就是从这个时候开始培养起对工厂的感情。那时工厂经常停电，电对于工厂的重要远胜于家庭。停电了，工厂瘫痪了。我常常听到车间主任大骂供电局是“电老虎”。

我对工厂印象最深的是每台机床上的一盏铁壳子的工作灯，60 支光，甚至 100 支光，亮堂堂的。冬天，我学着工人师傅双手抱住铁壳子，发烫的铁壳子带给我丝丝暖意。有些女工甚至把家里带来的铝制小饭盒搁在铁壳子上，把饭盒焐热。车间主任最讨厌我们把灯当作“汤婆子”取暖，更生气有人走开了，工作灯还亮着。在车间巡视时，他没少关灯。后来他干脆在一台台机床上用红漆喷了标语：“请随手关灯”。有人就称他“关灯主任”。

我后来坐了办公室。一次天寒，我正怀抱铁壳子灯埋头工作，“关灯主任”铁板着脸走过来伸手关了灯，然后一声不吭地走了，吓我一跳。70年代，工厂常常接到限时非得完成的军工任务。那时社会乱，机床设备也不好，加上常常停电，有些活只能半夜加班。“关灯主任”上蹿下跳甚至亲自开着铲车满车间忙乎，脸色更难看，拖累着我们“天大热，人大干”，或者“天大寒，汗大流”。因此我没怎么同情过他。

“文革”后提倡“四化”干部，已经是副厂长的“关灯主任”因为文化低被迫离开了原来岗位，郁郁不得志竟英年早逝。直到这时我才悟到，“关灯主任”在车间开着铲车烦躁的时候，也许是他人生最欢的时候。可惜没有了舞台，英雄无语。

我想到父亲，他和那位“关灯主任”，在某些方面有些相像。他们一生辛苦，在乎的似乎就是做人的境界而非通俗的目的。他们那种平实而日常的人生观犹如过去年代的灯光，即便关了，暗了，消失了，依旧在无声地影响着人们，比如我。

我的 1966

1966年8月，炎夏。北京的红卫兵南下上海，由此开始了一连串“破四旧”、“横扫一切牛鬼蛇神”的暴行。随着“抄家”和“批斗”的急剧升温扩大，狂热或者心怀恐惧的人们仿佛吃了迷魂药，纷纷把自己家里的“四旧”自行捣毁、主动上缴。喜欢打麻将的母亲很悲壮地把珍藏多年的麻将扔进了街对面一家老虎灶的炉门，她还嘱咐我们姐妹三个关紧门窗，然后众心协力撕扯一本画册的合订本。

这是一本美丽的画册，从我记事起就开始看它了，它有一尺来厚，半张小方桌那么大，沉得我抱不过来。画报文字是日文的，里面有越剧皇后袁雪芬、东京大地震、日本天皇，还有许多我已无法记忆的风景和人物。它是抗战胜利后，撤退的日本邻居送给父亲的，那时候虹口属于日本租界，居住有很多日本侨民。画册是我们这个贫寒的家庭唯一有文化的收藏。很多个安静的晚上，我们围在母亲的身边，母亲一页一页地翻揭着画册，我们看着惊叹着，那感觉就像在观看演出。

每次新学期初始，我都要偷偷地从画册中撕一张，包装我最心爱的语文课本，为这我挨过母亲很多次的骂。她在责骂我的时候，自然不会料到有一天会亲手撕了它。我们狂热地撕碎珍贵的画册，它维系着许多美丽的记忆，可我们一点也不心疼。我们已经麻木了。很多年后，我的一位作家朋友叶广芩告诉我，那时候她也正躲在北京的四合院里，和母亲一起撕碎了家藏的书画珍品，砸烂了家传的瓷器宝贝。她是叶赫那拉的后裔，清朝皇族后人。广芩说，她现在看见古玩铺就躲。我想，她是曾经沧海难为水吧。

很多年以后，我们从噩梦中醒来，心的疼痛才会慢慢显影。我感受到这种刺痛的时候，已经不再年轻了。

1966年10月，我14岁的妹妹，被同学一喊，说是去北京接受伟大领袖检阅，背了个小书包就出门了。她在上海火车站滞留了两天两夜。在拥挤不堪的人流中，弱小的妹妹欲退不能欲进不得。所幸的是，届时有人会来分发面包。我们家的孩子从来视面包为奢侈品。在60年代的灾荒里，我们咽过豆渣饼，喝过酱油汤，一年到头，我们没有吃饱过肚子。常常的，深更半夜，我们被父母驱赶着，早早地去小菜场“摆篮头”排队，争购一些可怜的配给品，特别是春节前，总要熬几个通宵。在深夜漫长的等待里，我们和邻居的孩子们嬉笑打闹，真是“少年不识愁滋味”。在吃的诱惑和通宵达旦的欢乐中，我们享受着一种简单的快乐。我想，妹妹在两天两夜的等待里，一定也是其乐无穷吧。她后来是被好心的铁路职工托着，从高高的火车车厢的窗口，越过无数的人头艰难地塞进车厢的。

一个星期后，满脸喜色的妹妹从北京回来，她站在家门口，对每一个走过的熟人述说见到毛主席的狂喜，毛主席如何站在敞篷车上，他如何招手，如何微笑。很多年以后她对我坦陈，她其实什么也没见到。在长安街通宵达旦的等待后，却无法进入天安门广场，当领袖的敞篷吉普急驶而来时，疯狂的人潮拉扯着嗓子，挥舞着手臂，此起彼伏，个子矮小的她陷在人海里，除了周围数不清的屁股，她什么也没看见。“当时火车的厕所里都挤满了人，也不知道怎么挨过来的。”妹妹茫然地唠叨着。

1966 年，学校停课，我在大街上游荡。

我因为血统不纯、并非三代红，一开始被排斥在红卫兵队伍之外，但我有幸被吸收进了其外围组织“红战友”。我跟着红卫兵滥竽充数去查抄过一个语文老师的家，在那里我头一次看到了《外国民歌歌曲集》、《安娜·卡列尼娜》、《悲惨世界》这样的书籍，我还看到了老师年轻时候的照片，娇艳美丽，照片后还有一行遒劲的题词：亲爱的，吻你。这一些和我们接受的清教徒式的宣传、教育完全是两码事。仿佛舞台上的布景被突然撤去了，我看见了生活更真实的一面，原先拘谨简单的世界变得模糊不清了。我还迫不及待翻起了那些从未见到的书籍，我那时候嗜书如命，我看过《林海雪原》、《青春之歌》、《铁道游击队》等无数的革命书籍，但我从未接触过《安娜·卡列尼娜》这样被划入另册的“黑书”，我因此急切地翻阅着，有个同学劈手从我手中夺过书，愤怒地撕烂了。我羞愧无比，惟有自责。

我后来就在大街上游荡。我 16 岁的时候。

我先是浏览街头大字报。那些匪夷所思、耸人听闻

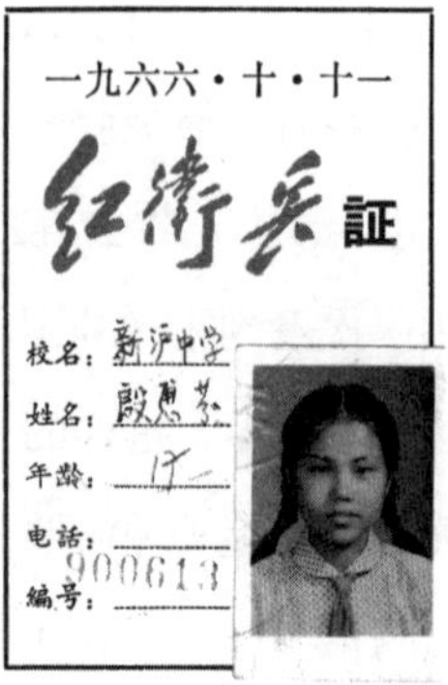

作者当年的红卫兵证

的传闻后面是无数真实的人生；我还在深夜里被嘈杂的人声惊醒，我跑到大街上，我看到了坠楼身亡的自杀者；我的邻居，一个据说是闯荡过江湖的手上文有青龙的老人，被罚跪在街头，北京来的红卫兵，用宽皮带抽打着他。他呻吟着，似乎流血了。我在围观的人群里听到各种关于他的传奇，说他是什么青红帮，杀过人也救过人，甚至说他当年掩护过地下党员，我真假难辨善恶难分，我对人生有了最初的困惑。多年后，那位邻居老人的孙女告诉我她爷爷的故事，果然，老人和当年潜伏的中共地下党有过很深的交情。

大街上的风景血腥而又喧哗。

我在这样的喧哗中走过我人生最好的青春。

我到过复旦、华师大、外语学院。复旦已经改名为“东方红大学”。大学生们文采斐然的批判文章令我流连忘返，我跟他们要来一本本批判“黑书”、“黑电影”、“黑戏”的专辑，我后来又循着专辑批判的书名通过秘密渠道，想方设法去借阅。查抄和文化封锁反使一部分书籍流传到社会上，在地下秘密流传，一传十、十传百，至亲好友无数爱书的人们结成了秘密的神圣同盟。我身边有十来个这样的朋友，我们肝胆相照心心相连，友谊照亮了我一生的道路。

这是我一生看书最多的时期。书，长河似的在我手上静静流过，托尔斯泰的，契诃夫的，莫泊桑的，艾米莉·勃朗特的……自幼酷爱读书却因家贫而苦恼的我如鱼得水，我以一天阅读20万字的速度在书海里遨游，当我的眼睛与书本凑得越来越近时，我和这世界的距离却越来越远（我的眼睛视力在不断下降）。

很久以后我终于拿起笔开始了我的文学创作生涯。我们不能说如果。如果不是"文革"停课停学，我能有那么多的时间、精力去看那么多的书，能在大街上游荡目睹无数的生生死死困惑人生吗？我把这样的故事看作是一种命运，必然要走向文学，要回到过去的命运。

那年11月的一个夜晚，下着雨，天气阴霾而寒冷。在工厂开大会的二姐匆匆回家拿了件外衣，说是要到安亭去拦截企图赴京告状的工总司造反派，什么时候回家不知道。18岁的二姐是工人赤卫队的队员。

二姐走后不久，年过半百的父亲踏进家门。父亲也在单位开大会，那阵子似乎所有的工厂都在连夜开大会批斗反动权威、资本家。父亲说是现在有人动员他们工人造反。他拿出会议发的面包让我和弟妹们分。那几日听到开大会父亲就跑得快，只要过了晚上十点，人人就可以得到一只面包。面包是1966年的宠物。“乱世，乱世。”平时爱听苏州说书的父亲大惑不解地感慨说。

两个幼小的弟弟兴奋地啃着面包，过节似的。他们不知道这个世界发生了什么，但他们喜欢，因为他们有面包吃。父亲有时候也带14岁的妹妹一起去开会，届时她也能得到一只面包。在我们这个多子女家庭，妹妹成了宠儿。当她啃着面包，在我们面前炫耀的时候，我会妒忌地想：父亲为什么不带更聪明的我，或者更乖巧的小弟？很久以后我才琢磨出点名堂：那年我虽然只有16岁，可个子高高的俨然是个成人了；小弟又太小，不方便带在身边，况且也未必能分到面包。父亲真是用心良苦呵。

那晚，母亲急着告诉父亲二姐的事：“老头子啊，究竟发生什么事了，外面怎么乱哄哄的？”

父亲一听勃然变色，连连喊糟糕。他说现在到处都在组织造反队增援安亭，他们单位就准备派出三辆大卡车，满载几百名造反队队员前往安亭，有的还带了木棍，说是自卫。父亲自认年纪大了，不准备去冒险。可二姐前去，不是自投罗网吗！“这个二浮尸要吃亏了，要吃亏了，唉，这个老实头呵”，父亲焦急地叹息。母亲急得要哭了。“浮尸”是上海话里最蹊跷的方言，它可以是骂人的，也可以是对人又爱又恨的。

在这之前二姐一直是个令父母万般放心的孩子。十二三岁的时候她就是家里的小当家，买菜、做饭、洗衣，她什么都操持。在60年代初的灾荒里她用豆渣和面做的烙饼满足过我们的饥肠。她在浦江电表厂当学徒，工作一年多了。每个月十七八元的学徒生活费，她只留四元（包括赏给弟妹们的零花钱），其余的都上缴给了母亲。逢到休息天，当她的小姐妹们忙着梳妆打扮逛公园、看电影、兜马路时，她却在家里洗衣做饭忙个不停。我们的大哥大姐很早就离家远行了，二姐是我们心目中的老大。

这样一个温和的轻易不出家门的乖乖女孩，现在却去了风云变幻的安亭。那里也许会有厮杀，会有死亡……

父亲没有怎么犹豫披了衣服就要出门，又顺手取了件二姐的棉衣，说是单位里到安亭的车还没有出发，临出门父亲丢了一句话：我去追“二浮尸”！给她送衣服！黑夜里，父亲早生的华发仿佛一团白色的火焰，诉说着一份深深的关爱。

就这样，父亲以造反队队员的身份也去了安亭。

父亲并没有在安亭找到二姐。安亭人山人海，找人谈何容易。事后才知道，二姐她们的车被堵在安亭附近根本就进不去，天下着雨，待在无棚的卡车里，真是饥寒交迫。好不容易熬过了通宵，第二天又莫名其妙地回到了市区。她不知道，就在她企图拦截的人群中，有她白发的老父。

在安亭数千名工人队伍中，有多少这样的父女？或许还有母女、夫妇、朋友、恋人，他们从属于不同的群众组织，他们又在人海中彼此寻找。他们朦朦胧胧地身不由己地卷入了一个历史事件："文革"中轰动一时的上海"安亭事件"。"四人帮"之一的王洪文就是在安亭发迹，登上"文革"舞台的。

很多年以后，父亲和二姐谈论的依旧是他们曾经的担忧、关爱。父亲过世以后，这个故事成了二姐最珍贵的记忆。在他们朴实无华的心里，他们始终都没闹明白那个安亭事件的来龙去脉，它所包含的政治和阴谋。对于他们，这不是重要的。重要的是亲情。

我想，有多少人从历史中走过，却不知道这是历史？又有多少人耿耿于怀在乎这历史，一如我的二姐和父亲这样普通的平民？

这就是我的 1966，发生在上海，一个普通的工人家庭的故事。或者说是一个 16 岁少女眼中的岁月。

白狐狸的传说

1966年岁末，我们六个同学结伴组成长征串联队，从上海出发开始了一段步行串联的难忘经历。

那时候我们刚刚初中毕业，和红卫兵运动同时诞生的大串联像潘多拉盒子里的“诱惑”，令我们激动和兴奋。从8月18日到11月26日，毛主席连续八次接见和检阅了1100万红卫兵。与此同时，国务院发出通知，赴京的红卫兵“一律免费乘坐火车……到京后的伙食、住宿由北京市负责安排……在京时的饭费由国家财政开支……”

何等鼓舞人心！何等狂欢的节日！同学们欢呼雀跃激情燃烧。

赴京的红卫兵，先是由上面指定的，一个班级每次只能轮到两三个。我们耐心而焦急地等候。九月，班主席唐裕芳作为红卫兵代表赴京接受了毛主席检阅，唐裕芳是连任三年中队主席的学生干部，检阅后他没有四处游荡而是即刻返沪，含泪向我们描述了见到毛主席的幸福和狂热，激起我们对领袖的更大忠诚和热情。这以后就是漫长的等待。期间有人走了，却没有按时返校。十月底，我们又被拉到奉贤新寺农村参加“三秋”。在那里，我们吃了忆苦饭，在打谷场上听生产队长忆苦思甜，痛说苦难家史，就像一支美丽而悲伤的歌里唱的那样：我们坐在高高的谷堆上面，听妈妈讲那过去的事情……生产队长 19 岁的女儿王芬芳，小小年纪已经是党员，又是村妇联主任，和我们特亲热，彼此结下了深厚的友谊。

两个星期以后，我们回到上海市区，方知革命大串联已经如火如荼，遍布全国。北京首开先例，吃、住、行都不用花钱，全国蜂拥而起到处建起了红卫兵接待站，仿佛古时候人们梦想的“义舍”，供行路者量腹取食。于是同学们忙着各奔东西，飞鸟各投林。每天跑到学校，总能听到谁谁到井冈山了，谁谁三上北京了，这样蛊惑人心的消息。学校里的同学越来越少，有的班级几乎都走光了。

我的 14 岁的妹妹，被同学一喊，也去北京看毛主席了。一个星期后，妹妹从北京回来，个子矮小的她什么也没看见。当年却带给我震动：自以为年龄和才识都高她一筹的我为什么寸步未移？我懊丧，我妒忌。

我们怎么办？始终和唐裕芳在一起的几个同学都成了落伍者。我们不免有些埋怨唐裕芳，他始终要我们耐心等待，等待上面有人把乘车证送到我们手上。他不能接受任何越轨的行为。他令我们蹉跎了最好的时间。我们变得异常浮躁。

我们决定外出。但这时候的上海火车站已经是水泄不通了。除了外地的学生，本地的很难出去了。

步行串联，学习红军二万五千里，这样别出心裁的串联形式又适逢其时地在全国推出了。

就在这时，奉贤新寺的王芬芳来信，邀请我们去做客。取道新寺，走到杭州（杭州那时有英雄蔡永祥的墓地），然后再作打算，在唐裕芳的倡议下，一个行动计划就这样轻易地产生了。

六个 16 岁孩子

六个16岁孩子，踏上了征途。

六个同学，三男三女，说来也许有人不信，六人中的显雄还是个“跷脚”，小时候患过小儿麻痹症，右脚落下了残疾，走路靠左脚一步一步地挪。他聪明过人，且写得一手好字，是我们班里的宣传委员。显雄不悲天怨人，也不愤世嫉俗，他有一种安于天命的豁达。他以残疾之躯踏上数百公里的征途，这样的行动是不是可以称是一种大勇？

第一天，因为要赶到奉贤新寺，我们从徐家汇乘车到闵行，近三十公里的路程由车轮子载着我们“走”完了。摆渡过江后，唐裕芳吟着毛主席诗词：“雄关漫道真如铁，而今迈步从头越”，我们开始了有生以来的第一次长途跋涉。

那天天气奇好，因为新鲜，也因为年少，十几公里的路我们走得利索而轻松，显雄的东西由我们几个人分着负担了。一路上，不时地有队伍走过，都是和我们一样步行串联的学生，他们看见显雄，就朝我们翘大拇指，或者高唱毛主席语录歌：“下定决心，不怕牺牲，排除万难，去争取胜利……”常常一个队伍唱完了，另一个队伍又接过去唱，公路上此起彼伏，一派生气。还有一支小学生组成的队伍，他们所过之处，就响起一片灿烂的掌声。招手、欢笑、唱歌，我们张开胸怀穿过田野，我们的心灵一片纯净。

这真是阳光灿烂的日子。在乱世中，我们享受着年轻生命的欢乐。

在奉贤新寺红旗村王芬芳家里，他们拿出了腌肉、咸鱼、甜糕，用传统的待客之道而不是忆苦饭来欢迎我们。这一份淳朴和真情，至今难忘。

更令人震动的是，第二天队里竟决定宰猪迎客。打谷场上仿佛过节似的热闹，老人、孩子、女人簇拥着看杀猪。大肥猪倒吊着，嗷嗷叫着。当屠夫举起长柄尖刀时，我闭起了眼睛……

全村的人都分别要了猪蹄、猪腿、猪排、内脏……会计一一记账，待到年终分红的时候再一一扣除。再以后，我们便人在江湖，身不由己了。不是东家来请，就是西家来拽。长这么大，还没被人当回事儿过，我们除了感动便是惶惑。那阵子正学解放军，我们把三大纪律、八项注意当作金科玉律，拒之不能，我们决定不别而行。

第二天清晨，我们踏着一地白霜悄悄离开了村庄。还没走出村口，王芬芳的父亲王队长领着好几个村民追上来了。“老殷，老殷”、“长脚，长脚”、“唐裕芳，唐太宗”，他们一路叫喊着，挽留着，叫得我们一个个热泪盈眶。他们叫的都是我们的绰号。长脚是一个扎着长辫、笑意盈盈的高个女孩，唐太宗就是唐裕芳，我们的当然领袖。至于老殷，就是本姑娘了。16 岁的时候不知道为什么，同学们都叫我老殷，仿佛我已经很老了。

我们后来在新寺住了五六天，三个女同学挤在王芬芳的闺房里，说不完的话。我们给王芬芳讲南京路、外滩、虹口公园，讲游泳池、体育场、海关的大钟，从未去过上海的王芬芳听得一愣一愣的仿佛在听神话。她也给我们讲村里的奇闻。她说以前村里有个壮汉，在海边抱回一只受伤的白狐狸，狐狸伤愈后就变成了一个漂亮姑娘，他们成了亲。一年后，白狐狸生了个大胖儿子。

满月时，男人取出珍藏的狐狸皮给儿子，没想到女人一见便生了异心，披上狐狸皮就一去不返。

男人抱着啼哭不已的孩子，在海边徘徊。三天三夜，孩子的哭声唤回了白狐狸，一家三口终于重新团聚。直到孩子长大成人，美丽的白狐狸才又遁世而去。

“我爸爸小时候见过狐狸的儿子呢。”王芬芳信誓旦旦地说。我们也听得一愣一愣的惊叹不已。

那一夜，我头一次想到了母亲。我悄悄地在枕边拭去思念的泪水。

离开新寺的日子，显得有点艰难了。新鲜感早已消失，又因为显雄的腿，我们只能走走停停。看着其他的队伍纷纷超越而去，我们的脚步却越来越滞迟。一路上，所有的小镇都设有红卫兵接待站，一般都在学校里，也有在废弃的仓库里，稻草铺地就是床了，粗茶淡饭管你吃饱。这样的生活和我们平常的日子并没有多大差别，大家都不觉得苦。苦的只是遥遥无尽的路途。

雪上加霜，显雄的左腿脖扭伤了，他走得更慢了。

他让我们前面先走，他说他会慢慢跟上来的。那时候我们六个人已经溃不成军了，头尾要相差两三百米。

不知道为什么，我们几乎没有把显雄当残疾人看，他平时从不添人麻烦，他的身体看上去也很壮实。在他的劝说下，我们真的“弃”他而去。我们和他说好在一个叫金丝娘桥的小镇会合。

不料当晚我们就和显雄失散了。我们在金丝娘桥安顿好住处，就跑到公路上找显雄。在学校里，我们虽在背后叫他“阿跷”，当面却总是不忍，现在也顾不得了。我们大声地呼唤：“阿跷，阿跷……”

黑蒙蒙的田野，灰色的隐约可见的一溜弯弯的公路，沙沙的风声，哪里有显雄的身影？我们手里帮显雄拿着洗漱用具，几个女孩这时却抽噎起来。唐裕芳和男同学吴新隆跑了很远都没有找到显雄。失望中我们只能期待孤独的显雄，期待他的坚毅和勇敢。

第二天离开住处，跑了不多远，我们就到了海边。这是美丽的杭州湾。蔚蓝的大海平静而又辽阔。海边有块石碑，记载着二战时日军曾在此登陆的历史。读着碑文，心里生出庄严的民族情感。

这是我们第一次看海。第一次看海的心情是很难描述的。只觉得大海很大，自己很小。还觉得大海很美，自己很幸福。

遗憾的是显雄不在。似乎是吴新隆，对着大海叫起了显雄。我们跟着放开喉咙大喊显雄，一声又一声，年少的声音划破了杭州湾古老的沉静。我似乎隐隐听见了大海深处的回音。

就在这时，奇迹发生了。

突然在前方，在海湾深处，出现了显雄的身影！他正踟蹰着前行。我们喊着叫着，我们奔跑、欢笑，喜出望外。我们在大海边找回了失散的伙伴。我忽然想到白狐狸的传说，我觉着大海神秘的亲和力。

后来才知道昨晚显雄因为天黑了，也累，腿也疼，自知追不上我们，只得就近住了下来。其实他住宿的地方离我们住处并不远。为了追上我们，第二天他起了个大早。

我至今都忘不了显雄在海边前行的样子。那么努力，那么艰难而踏实。

六天后，我们到了杭州。呆了两天，就在唐裕芳的催促下匆匆返沪。他不知从哪儿得到消息说，学校要复课了。

细雨蒙蒙的杭州在乱世中依旧那么美丽。我们在钱塘江大桥旁淋着雨，听毛主席的好战士蔡永祥生前战友作报告。蔡永祥是在守卫大桥时，为了排除铁轨上的障碍而牺牲的。从他身上碾过的列车是红卫兵专列。18 岁的蔡永祥成了红卫兵心目中的大英雄。拜谒他的牺牲地，是全国红卫兵的心愿。我们在大桥遇见了哈尔滨军工大学的步行串联队伍，从冰天雪地的北国到山清水秀的江南，他们历尽的艰辛难以言诉。他们说最苦的一次，300 米的路，竟走了整整 4 个小时！“走不动了呀”，他们说。

很多年以后，我想徒步跋涉几百公里，就是为了拜谒英雄蔡永祥的墓地，这样的虔诚，即使在荒谬的年代也闪烁出它朴实的光辉。而 18 岁的蔡永祥，即便在今天，他失去了“文革”的光彩，他依旧是一个不朽的人，一个更真实的人。

当年我们淋着雨，我们那么诚实地倾听，我们还会有那种年轻那种热情吗？

我还想到白狐狸的传说，我们还会感动大海吗？

妹妹的老照片

母亲逝世后，我在整理母亲遗物时，发现了一张妹妹的老照片，照片上的妹妹身穿朝鲜族服装，天真烂漫、亭亭玉立。这是一张三十多年前的照片。

1968 年岁末，年仅 16 岁的妹妹初中毕业，正逢上山下乡运动的高潮，妹妹那一届的学生是“一片红”，全部得到农村去接受贫下中农的再教育。当时给学生选择的下乡地点有安徽、江西、吉林等。是父亲到学校去开家长会，会上据说有当地来的干部介绍情况，那些干部一个个都有三寸不烂之舌，能言会道，说得花好稻好，会后当即有不少家长和学生上台表态、报名，要求到广阔天地去插队落户炼红心。父亲和妹妹报名选择了吉林延吉八道沟（朝鲜族聚居地），据说那里有香喷喷的白米饭吃，而安徽、江西等地却要吃杂粮。这是父亲后来对母亲陈述时最充足的理由。那晚，父亲和妹妹兴冲冲回到家里，却被母亲劈头一顿臭骂，母亲哭着说，你把女儿送到那么远的地方，你要后悔的，你黑良心，你还我女儿！父亲当即就有悔意，但在那个时代一切都是无奈，老老实实的父母只能叹着气为妹妹整理行装。后来妹妹到了吉林来信，在信中哭诉她的种种艰难，比如语言不通，比如浸泡在寒冷的水田里，双脚如何的麻木，再比如上山打柴时对狼的恐惧，又如何遭到别人的欺负，每当这时候母亲就会哭，就会骂父亲“黑良心”。这时候，父亲总是沉默不语。其实父亲又何尝不苦恼，只是有苦难言罢了。我当时也百思不解，父亲为什么会选择他一无所知的吉林？

我现在回忆过去，我终于发现了父亲之所以没选择安徽、江西的理由。安徽当时穷，这是上海人都知道的，时有沦落上海的安徽人在沿街乞讨，这肯定是父亲不选择安徽的理由。至于江西，我记得有个邻居，男主人是当教师的，1957 年因为众所周知的原因全家被发配到江西农场，他们家的两个女孩子，有一个和我同年，她们在灾荒的 1960 年逃到上海，说是父母在江西已不行了，让她们到上海来找一条活路，居委里的婆婆好心收留了她们。我还记得母亲让我替她们送衣物的情景，邻居们东一家、西一家的都捐过穿的，也送过吃的，那时大家自己的日子也不好过啊。再后来就不知她们到什么地方去了。我那时只有十岁，亲眼看到童年时代的伙伴变得陌生变得骨瘦如柴，我就是在那时候懂得了怜悯。也许这就是江西留给父亲的印象。

父亲十几岁的时候随他父母从无锡乡下来到上海谋生，从此再没离开过上海，我想他对于地域的观念，除了江浙一带，其余的只能是道听途说或者是自己有限的人生经验了。在非此即彼的情况下，1968 年的父亲只能选择虽然遥远却有白米饭吃的吉林了。要知道，那时候的上海人也只有粗糙的籼米吃呀。刚刚经历过三年的饥饿，香喷喷的白米饭在我们生活中的意义是非同寻常的。

妹妹离开上海出发到吉林的那天，母亲因伤心过度竟无法赶去车站送行，记得上火车的时候，妹妹个子矮小（身高 1.50 米），又因为天冷，穿着臃肿，是年近花甲的父亲抱着她，助她挤上火车的。到了延吉不久，妹妹即寄来这张在当地照相馆拍的身穿朝鲜族服装的照片，以慰双亲思念之苦。这张照片一直由母亲珍藏着，直至现在又辗转到了我的手里。

抚摸着这张过去时代的照片，照片已经发黄。照片上的主人已经老练。她的女儿三年前已按知青子女的政策回沪，她为照顾女儿也随之回沪，以打零工谋生，尽管艰难但也满怀希望。经历了那么多的人生波折，当年的天真已不复再有了。她的外貌比实际年龄要苍老十岁，这是无情的岁月留给她的印记。

布票的故事

16 岁的妹妹到吉林去插队落户之前，学校里敲锣打鼓来贴大红喜报，妹妹领了军大衣和军用书包在镜子前喜滋滋地试穿，父母则凭上山下乡通知上街购买混纺毛毯和热水瓶等等……家里忙得不亦乐乎，只是母亲略带忧郁的目光给喜庆蒙上了一层淡淡的忧愁。按照我们上海里弄的风俗，左邻右舍、亲朋好友都送了简单的贺礼。母亲和妹妹最期待的是舅舅的礼物。

属猪的舅舅长我母亲一岁，住家离我们仅一条马路之隔。作为一名手艺高超的八级钳工，舅舅更爱好的是花鸟虫鱼。一年四季，他不是手里拎着叫蝈蝈的笼子，就是口袋里揣着金铃子的小盒。还常常遗憾地嘀咕说，住房太小，只好白相小东西。性格泼辣的母亲说起舅舅的时候，常常会没头没脑地嘀咕一声：“老猪猡。”我猜想他们年少时也和我们一样淘气，爱起绰号。和所有老一代的上海移民一样，他们有不少亲属都在乡下，舅舅是母亲在上海唯一的母系亲人，因此母亲很念着舅舅。我至今还记得那次母亲差我送二两高粱酒给舅舅的事。酒是装在平常的玻璃杯里的。正是三年困难时期，酒和粮食同样稀罕，母亲起早摸黑地排队等候，才侥幸买到这二两酒。

我小心地捧着酒杯去舅舅家。舅舅住的是石库门老屋的三层阁。我最喜欢走舅舅家的楼梯，狭长陡峭，尤其是下楼梯的时候，飞一般地下来，剩最后三四级的时候，抓住门档一跃而下，是我最喜欢表演的绝技。那天爱喝酒的舅舅欢天喜地接过酒杯放在饭桌上，就忙着去厨房找下酒的菜了。后来才知道为了这二两酒，舅舅和舅妈吵得翻天。原来不知情的舅妈以为那是杯剩水，随手就泼了，舅舅知道后急得双脚直跳。幸亏酒是泼在一只干净的洗脸盘里的，舅舅小心翼翼地把那二两酒又重新倒回酒杯里，其中的点滴损失令舅舅惋惜不已。

作为男人的舅舅虽然不像母亲那样细心，但是他不时地应母亲之需解囊借钱，以解我家燃眉之急，间或也会给我们几角零用钱。记得大哥大姐先后参军的时候，舅舅送的是十分稀罕的英雄金笔，我们看了眼睛都发亮。因此母亲和妹妹的期待是显而易见的。

那天黄昏，舅舅下班后来我们家，关照妹妹说明天舅妈带你去四川路买东西。妹妹喜欢得一夜不眠。第二天舅妈来叫了妹妹出门，我们在家里一次次猜想着舅舅的礼物：塑料底布鞋？尼龙花巾？初冬的时候脖子围一条尼龙花巾，足蹬塑料底布鞋，是那时候的上海姑娘最流行的装饰。大半天后，妹妹乐不可支地捧着一件漂亮的花格子衬衫回来了。衬衫布料十分厚实，价格是九元八角，是寻常衬衫的两三倍。老天，我们全家七口人每天的菜金是五角钱，星期天改善伙食是一元钱！我和二姐把这件衬衫翻来覆去地比试，欣羡不已。后来我们才知道妹妹隐瞒了重要的内情：当初舅妈答应买这件衬衫的时候，说原先的计划是花五元钱，超支的部分，还有布票，你要跟姆妈要的。妹妹为了得到这件衬衫一口应承，回家后她自然不敢说，到时候竟一走了之。

2017 年作者与 95 岁的舅舅

逃得了和尚逃不了庙。妹妹走后，舅舅就来“讨债”了。他吞吞吐吐地支吾了很久。舅舅的意思是超支的钱就算了，但是布票是一定要还的，家里小孩多，布票比钞票还要紧张。舅舅来的那天正是妹妹出发去吉林的时候，我们全家都去车站了，母亲因为受不住送别的场面，留在家里独自垂泪。舅舅竟撞在这个时候来说一桩不合时宜的事，母亲的悲伤愤怒是可想而知的。她当即就痛骂了一顿赶走了舅舅。晚上母亲又意犹未尽，和父亲凑齐了九元八角钱，逼我揣着钱和五尺布票连夜去还给“老猪猡”，说是人穷志不穷。

我重新又走上了那狭长而陡峭的楼梯。我永远忘不了当时那种复杂的心情：愤怒、耻辱、遗憾、留恋……因为我知道我再也不会跨上这道带给我无穷快乐的楼梯了！

这以后有整整五年，我们两家互不来往，形同路人。随着岁月的悄悄流逝，两家的走动才慢慢恢复。心灵手巧的老舅还时不时地亲手做了玲珑精致的核桃小盒子，装了会鸣叫的金铃子，送给我们的孩子，带给我们似曾相识的童年感觉。母亲重病住院时，年迈的老舅隔三岔五地去探望，他嫌医院电梯要等候，情愿迈动老腿一层一层地爬到11楼病房。那时候的母亲已经说话困难了，但是我清清楚楚地听到她嘀咕了一声：“老猪猡。”看着这对老兄妹默默相对，我想，那恼人的票证已经消失了，永远不会消失的是血缘的情感。

曾经有个老警察

有一次看好莱坞电影《此时，彼刻》，黛米摩尔主演，说的是四位女子的友谊，童年时代，她们昼伏夜出，顽劣无比。当她们在黑夜的墓地里嬉戏时，每每偶遇孤独的好心的老彼得，看到他夜行的影子，她们便会大声尖叫，一哄而散。女孩子那种夸张的神情，疯狂没命的逃窜，令我发出会心的微笑。

记忆的鼠标就在女孩子们的声声尖叫中点击我上海虹口老家。街道、老屋、烟纸店、弄堂，往事历历记忆犹新。我甚至清晰地听见童稚时代的伙伴们大声地嚷嚷着：人民警察来了！我还看见我们一哄而散落荒而逃的可笑背影，小脚板拍着屁股仿佛旧时的黑白电影，透出岁月的温馨。在这样的温馨记忆里，浮现出一位老警察的憨笑……

老家在闵行路虹口公安分局旁的一条小马路上。上个世纪50年代的闵行路并不通公交车，十分宽敞。我们这些蜗居在小马路小弄堂的顽童们，每逢“放羊”的时候，就聚集在闵行路上玩一些莫名其妙的游戏。“放羊”是我母亲说的俚语，那时候都是多子女家庭，家里空间狭窄，小孩子们屁股贴着屁股，摩擦特别多，经常吵闹。晚饭后，母亲们洗洗刷刷缝缝补补，要求清净，便怂恿孩子们到外面去野，此谓“放羊”。在日夜操劳的母亲们的眼里，我们就是一些野羊吧？母亲无疑就是辛苦的牧羊人了。于是晚间便成了我们嬉戏的快乐时刻，闵行路以及附近的几条小弄堂成了我们的游戏场。只是警卫森严的虹口分局门口是我们自觉规避的禁地。分局里进进出出的人，我们笼而统之一概叫“人民警察”。

不知道是从什么时候起，分局一位高个子老警察成为我们游戏的对象。常常是在玩斗鸡、背猪猡、骑马、刮香烟牌子的游戏时，突然有人惊呼一声：“人民警察来了！”伙伴们就一跃而起，精神抖擞地奔跑着呼叫着：“人民警察来了！人民警察来了！”边跑边回头张望，然后远远地站定了。但见一位高大的四十来岁的老警察站在分局门口。四十来岁的男人在我们小孩子眼里，就是一个老老头了。他笑眯眯地憨笑着走出分局，一步一回头地看着我们，点点头，慢慢拐进了附近的警察公寓。那栋公寓是虹口租界时代的建筑，风格粗犷。有时候，他也逗我们，故意朝我们走来，站在弄堂口那盏昏黄的路灯下。我们心咚咚跳着，喊着人民警察来了，撒腿跑得更快更远了。我们不知道这个老警察姓甚名谁，因为他个子高，在孩子们的眼里就显得特别神秘威武，令人敬畏。

我家的老屋是临街的房子，客堂间有七八个平方，因为孩子多，白天是客堂，晚上搭了床就是我们小孩的卧室了。我们做功课、游戏，母亲做家务，邻居串门，一天三餐……所有的家事活动都在这客堂里进行，客堂是我们家的人民大会堂。有时候这里大哭小叫，最会哭的是我们家的老六，而且他哭的理由莫名其妙，比如给他穿新衣服，他就扭着身子哭，非要换了旧的才罢休。后来才明白，原来他嫌穿了新衣不能在地上打滚"白相"了。有时候客堂里笑声不断，我的妹妹阿五头，是个笑虫，会一味地痴笑，你对她眨一眨眼睛，做一个手势，她就会爆发一串又一串的笑声，直到把姆妈惹烦了，难免讨骂。有时候她不想笑，我偏逗引她，她止不住就一边笑一边追我，嘴里喊着姆妈："她引我！"老警察常常路过我家门口，看到我们如此这般，就静静地站立片刻，一脸憨笑着看一会儿。有时候，我们淘气地喊着人民警察来了，一边就作逃跑状，一溜烟地逃到后门弄堂里去了。有一次母亲也在，老警察就顺便聊了几句，我们躲在客堂后面的走道里，听到老警察赞美说这几个小囡蛮有趣的。母亲客气地反问他有几个小囡，他摇摇手，没有回答，又憨笑了一下就走了。母亲自言自语说："这个人民警察，哪能会没有孩子的呀？"

1966年"文革"，有一天深夜，听说虹口分局被工人造反队包围了。那些日子我们弄堂的孩子们就像服了兴奋剂一样，哪里有抄家、开大会，就往哪里看热闹。我们不知道有一种隐痛，在以后的日子里，需要我们付出青春的代价才能感觉。我们来到分局，发现原先安静的闵行路突然变得喧哗了，戴着红袖章的工人们一排排地坐在分局的门口，黑压压地一片，他们不时地喊着口号，也有疲倦的，靠在旁边的人身上仿佛睡着了。分局的墙上涂满了标语。我和伙伴们在人群里窜来窜去的，追闹着，呼吸着“大革命”的气息。见到有人散发传单就上去哄抢，打算回家当闲书读。就在这时，我看见了老警察，他和两个阿姨在分发面包，我赶紧挤过去，听见老警察低声地对一位姑娘说肚子饿了吧？吃了面包就回家吧，别让妈妈担心。这时候我已经挨到了他的身边。我瞪着一双眼睛盯着他手中的面包，面包香香的。记忆中只有在春游、秋游的时候，生病的时候，母亲才会掏钱买。这时老警察也发现了我，他眼睛瞪得比我还大，赶紧塞给我两只面包，推着我的肩膀说：“回去回去！”

“什么回去回去？你这个老东西，你反对我们闹革命呀？你什么成份？”一个矮个子男人闻声走过来突然发难。更多的人围过来，感情充沛地喊着“砸烂公检法”的口号，可怕的人群把我推搡到了一边，我模模糊糊地看见有人把老警察的帽子掀掉了……

我心怦怦狂跳，吓得赶紧回家。冲进家门，我没有惊动任何人，抱着面包悄悄地爬上床。闻着面包的香味，突然又想起老警察站在我家门口，看我家兄弟姐妹们欢闹嬉笑，他憨笑着的样子。此刻他却在遭人围攻，他要不要紧？我十分惶恐。第二天我把面包给了弟弟妹妹，我哪里还有心情吃这两只面包呢？我后来看那部苏联电影《列宁在 1918》，我对那句“面包会有的”台词十分敏感。

从那以后，我再也没有见到过那位老警察。似乎隐约听说他以前当过租界的巡捕，老婆又莫名地跟人跑了。“文革”中清理阶级队伍，不知他是不是躲过？我曾经故意在分局门口徘徊，在警察公寓附近来来回回闲逛，可哪里还有他的影子？成家以后，每每回去看望母亲，走过分局或者警察公寓，我都会驻足凝视片刻。闵行路在我的眼里虽然已不再宽敞，不再神秘，但是我忘不了那里曾经有过一位老警察，他曾经令我们快乐地害怕，令我们久久难忘。他在黑暗中给过我面包，也给过我回家的嘱咐。我不知道他姓甚名谁，不知道他真实的故事。很多年以后，我却能清晰地感觉到他高高的个子，在危险的夜色里，他充满关爱的眼神仿佛过去弄堂里那盏淡淡的黄黄的路灯，浮现在我的童年记忆中。

一个人的河

1962年，我小学四年级，记得那时候我做的一篇作文《浦江日出》，老师给了我高分。我在作文中写道："……我站在外白渡桥上看日出，这里是苏州河流入黄浦江的入口处，当金色的太阳冉冉升起的时候，黄浦江上波涛滚滚光芒万丈。我清清楚楚地看到黄浦江水是黄色的，苏州河水是黑色的，奇怪的事（是），江河汇和（合）的地方，有一条清清楚楚的分界线。苏州河的左岸是苏联领事馆，右岸是黄浦公园。桥的一头是上海大厦，另一头是外滩。美丽的风景令人流连忘返……"

小学四年级在外白渡桥前

我在作文中将黄浦江和苏州河的分界线当作美景来描绘。我们弄堂的小孩子们都把它看作一个奇观，并且口口相传：“你知道吗？苏州河和黄浦江的颜色不一样！”于是，到外白渡桥看这一奇观，成了我们小孩子热衷的节目。那个时代没有人认真地告诉过我们，流向黄浦江的苏州河水有一半竟来自于污染水源，水质发黑发臭，因此而有了这条分界线！也没有人对我们说消逝了的“沪上八景”，苏州河上美丽的“吴淞烟雨”、“江皋霁雪”、“凤楼远眺”……我们很无知。

我们弄堂在上海虹口三角地菜场的一侧，距离外白渡桥很近。19世纪初，我们弄堂的地方，还是一片农田，听得到苏州河清冽的水声。1846年美国传教士在三角地附近造学校的时候，看中的就是这块空旷的处女地。三角地可以说是虹口成市的最早雏形。随着虹口租界的形成，无数的江浙两省、广东省、山东籍的移民顺着苏州河源源不断蜂拥而入。1931年，18岁的阿爸离开江苏无锡老家，一身长衫沿着苏州河来到上海虹口，掀开了我们家族的移民史。

在很多中国人的心目中，上海黄浦江的名头也许要比苏州河响亮。但是上海人真正的日常生活却是沿着苏州河两侧建立和开始的。假如说黄浦江是上海人的面子，那么苏州河就是夹里了。苏州河在上海境内蜿蜒53公里，内环线至黄浦江的13.3公里，涉及两岸地区10.5平方公里，横跨10个区域、与数百万上海市民朝夕相伴。苏州河是上海市民贴身的小内衣。

我们是在苏州河边长大的。

很小的时候，我们就在外白渡桥上数驳船船队，苏州河上蜿蜒而行、长长的拖轮驳船，突突突地喧嚣着，见首不见尾。船上的女人抱着小孩子警惕地注视着我们，因为爱恶作剧的隔壁阿弟冷不防地会把瓶盖子、香烟屁股等垃圾扔下去。驳船船队从桥洞慢慢露头，抽丝一样，绵绵不绝，有时候会冷不丁拉响汽笛，吓你一跳。

夏天，十来岁的弟弟成了弄堂里的野蛮小鬼，他和同伴们瞒着母亲去苏州河游泳。看着他们沿着水码头走下去，然后跃进黑臭的河流，我有一种惊心动魄的感觉。每次我坐在河堤上替弟弟照看衣裳，一遍遍地叫喊，快上来呀，臭死了！或者喊，水上警察来了，快逃呀！这时候我已经知道了苏州河是肮脏的。但是这不能阻止我们弄堂的孩子对苏州河的热爱。

少女时代第一张咪咪照（半寸的艺术照），是在外白渡桥桥堍的众艺照相馆拍的。这家照相馆的橱窗里摆放着电影演员王丹凤、孙道临的艺术照。这对上海弄堂的小姑娘是绝对的诱惑。

弄堂里一个爱养蟋蟀的邻居，人称“蟋蟀阿哥”，高中毕业后因为成份不好，大学没有录取，在一家工厂做工。后来他和一位漂亮姑娘恋爱，常常在外白渡桥的苏州河边“数电线杆”。跟踪他们，成了我和小伙伴们的秘密。外白渡桥周围殖民地时代遗留的众多建筑仿佛异域风光，使平庸时代的爱充满了浪漫的气息。刚刚步入青春期的我心里因此有了一份神秘的憧憬。

20世纪60年代末，家庭出身不好的“蟋蟀阿哥”因为失恋跳苏州河自杀了。那一年16岁的妹妹中学毕业到吉林插队，我们全家在外白渡桥拍照留念。黑白照片上的苏州河泛着浑浊的亮光，越加黑了。它带给妹妹无尽的乡愁。好几次妹妹哭着指着照片对朝鲜族阿妈妮说：桥下面是阿拉苏州河，过桥就是阿拉弄堂。这时候的苏州河再黑再脏，也是美的。这是一个人心中的河，它维系着家乡和亲情的感觉。

成家以后，我很少回虹口老家，我不再和苏州河毗邻而居。苏州河似乎离我远了。有一年，我装修家居，设计师是郑家和。他的工作室就在南苏州河路的一家旧仓库的三楼，在成都路桥下的苏州河畔。和外白渡桥建筑群不一样的是，这里有一幢幢闲置的旧厂房、旧仓库、废弃的码头，还有密集的民居，简朴的零售商店，河面上懒懒的小驳船。它们曾经奇迹般地带来了上海近现代工业的发展，正是从这里崛起了中国最大的现代工业城市，也是它们造成了苏州河的黑臭，以及闸北、普陀一带密集的产业工人棚户区。

1988年起，上海开始治理苏州河，经过十几年的努力，今天的苏州河已经很少有异味了。据说原本从东方明珠电视塔俯瞰时清晰可见的苏州河与黄浦江交汇处的黑带已经淡化。童年景象已经不再，多的是欣慰而不是抱憾。我注意到河上十来条连接在一起的运粪船很小心地覆盖有蓝色塑料布，缓缓驶过，映照着悠悠的河水，居然也有些悦目。在成都路高架桥的另一端，有利用原环卫垃圾码头的桩基新建的首座苏州河畔亲水平台，栩栩如生的海鸥形篷帆下，有星点的人群，想来不会是旅游者吧？愿意到苏州河边来坐坐的，必定是上海市民无疑。前两天有报载说：家住苏州河边的王阿姨很开心，去年起，夏天家里又可以开窗通风了，清早可以和老朋友们在河边晨练，吃过晚饭可以搬把躺椅到河边摇着蒲扇纳凉了。苏州河仿佛我们弄堂的邻家女子，在晨曦中褪去昨日的邋遢，正在慢慢变得清新可人。

郑家和介绍说已经有很多艺术家在附近的仓库里安营扎寨。紧邻的昔日杜月笙的粮仓，眼下是台湾建筑师登琨艳的“大样环境设计公司”。著名的四行仓库，四大银行曾经存放金条的地方——上海沦陷时期是上海守军和日寇最后对垒的战场，现在是北京艺术家刘继东的工作室。苏州河边这些历史遗留的旧工业建筑，成了后现代艺术家们的追逐地。随着苏州河的治理，河清有日，他们的梦想是将苏州河一带发展成为艺术家的文化生活区域。

倚着临河的窗，我看得到附近成都路高架桥上来去的车流，而时光在“郑家和工作室”似乎停止了脚步。横梁上标志着储存区域的号码仍然清晰可辨，这是仓库使用的痕迹。走在泛白的松木地板上，嘎吱嘎吱的声响，感觉过去有什么东西复活了。斑驳的墙面，苍老的原木柱子，四处散放着收购来的明清家具，办公室里则是一台台电脑，电脑里有我的家庭装潢设计方案。这是前尘旧缘，注定的，我的新家要和苏州河牵连不断。

郑家和的办公室辗转历经了商务楼、小别墅、独立的庭院，最后到苏州河畔。这位沪上颇有盛名的设计师说："是回归吧。坐在这栋百年老仓库里，我对艺术终于有了一种领悟。"

只是命定的感悟还将继续飘泊流浪。后来我从有关方面得知，上海对苏州河两岸生态环境建设实施了高起点规划，目标是将沿线建成上海未来水质清洁、环境优美、气氛和谐的生活休闲区域。从内环线到黄浦江 13.3 公里的上海苏州河两岸，一个充满休闲情趣的滨河景观规划蓝图已进入了细化和优化阶段，大片开放式的休闲绿地、各式各样的亲水平台、怀旧的民居和精心保留的历史建筑将以崭新的格局出现在苏州河畔。福建路、西藏路、江西路段的河岸绿化已经"风景这边独好"，吸引着市民的眼球和晨练的脚步。苏州河，正在把河岸线上的风景还给上海市民。

郑家和的工作室也在动迁之列。"搬迁是必然的，无可挽回。但是四行仓库肯定会保留。"郑家和在电话里半是遗憾半是感慨地对我说。在未来的怀旧民居和历史建筑里，应该还有放飞梦想的空间吧？

有一天我在苏州河边遇见了童年时代的小伙伴，我们曾经尾随着“蟋蟀阿哥”的背影在河边徘徊。昔人已逝。过去的平凡日子，在缓缓的河流中一幕幕重现。

无论苏州河如何变幻，有一天它返老还童，它还是我心中的河。这是一个人的河。挥之不去。

缘结嘉定

家居上海嘉定

邂逅一对夫妇，都是过去的老同事。听说我在嘉定购了新房，他们惊异地问：你还要在嘉定住下去？

闻听此言，许多往事又重新萦绕我的心头。

老同事的问话含有多层意思：你在嘉定住了几十年，你还不够？一起参加工作的都叶落归根在市区买房了，你怎么了？你缺钱？再怎样也不至于原地踏步吧？一句简单的问话，包含了一代人的市区情结，难以言传，无以排遣。

没有在郊区工作过的人，是很难理解这种感情的。

我们这个单位俗称市属，即属上海市管辖，在嘉定属于客居。那些年单位职工收入尚可，购房十分踊跃。不要说上海市区过来的新老职工，不少原本住嘉定的职工也在上海购了新房，举家搬迁，十分荣耀。反正上下班有班车接送，浩浩荡荡，一派兴旺。

白驹过隙。上世纪六七十年代的时候，我们正是少年不识愁滋味，一呼百应的年龄。一纸上级通知，几百号人就义无反顾地随着单位一起从上海市区迁到嘉定。此时的嘉定，小河清澈，民风古朴。但多年来，这个单位总是传染着一种浓浓的市区情结。谁谁调工作回市区了，曾是这个单位最关心的话题。记得当初有位朋友千方百计从调房到市中心，放弃嘉定宽敞的住房面积、煤卫设备，还倒贴不菲钱款。她搬在市区老西门附近的一条小弄堂里，生炉子，倒马桶，周末乘单位班车回家，虽然辛苦，却洋溢着“市区人”的优越感。

定居嘉定数十年，去上海市区购房，成了一些上海老职工的一大心愿。不可否认，虚荣心也曾驱使我在市区到处看房。我们夫妇也曾忙中偷闲，在市区四处奔波，看了不少楼盘。去看有的期房时，我们还搭乘摇摇晃晃的工地电梯去实地勘察，可说是不厌其烦，不畏艰难，个中滋味只有自己知道。可悲的是，不是楼价太高就是环境不理想，高不成低不就。好几次夜来读报，和丈夫一起浏览报上竞相纷呈的房产广告，联想到诸多青妇联杂志上琳琅满目的征婚广告，颇有佳偶好求，家园难觅的惆怅。

一个细雨霏霏的黄昏，我和丈夫驱车驶过嘉定新辟的墅沟路，路边的绿地和小楼依次而过，街道安静而整洁。眼前数排褐白相间的多层新楼，在沥沥的春雨中呈现出一种巧克力色的温馨，显得端庄而妩媚。车子绕过新楼，我心里突然有一种莫名的触动，禁不住下车叩门而入。因为刚割过草坪，小区里弥漫着浓浓的草叶的汁味，但见一条天然小河从楼前蜿蜒而过，河边宽阔的草地一直延伸到底层人家的庭院里，低低的铸铁黑花栅栏把居家、草坪、流水融成了一体……在售楼处一问，房价比想象的还要便宜。

小河潺潺，空气清新，庭院宽敞，这不就是我们要的房子?！我们立时就办了购房手续。什么叶落归根啦，打回市区老家啦，攀比啦，种种身不由己的念头此时此刻忽然都消失殆尽了。

说也奇怪，我终于以一位永久居民的目光来看嘉定，这才发现了嘉定的种种好处。嘉定位于上海市区西北，历史悠久，文人辈出，近年来又有“汽车城”之喻。也许是因为“汽车城”的缘故吧，嘉定的私车拥有量大概是上海较多的，有时可以在小区内看到成排的私家车，静静地泊在夜色里。假如晚上从市区回嘉定，车子驶出车流滚滚的内环线，跃上沪嘉高速公路时，车辆疾驶而过，留下沙沙的车轮声，非常清晰。晚上兴致所至，漫步环城路，不出二十分钟，就能亲近田野农舍，尽情吸氧，饱览江南水乡夜色。嘉定有一些小国寡民的风情，小文友许佳赞美嘉定：是一个非常适合人类居住的地方。嘉定周边道路宽敞通达，进出自如。城区安静，居民富足，古意盎然。

我想当一些购房时尚慢慢消退，人们不再有从众心态，不再被类似“市区情结”的思维左右，凭着心意选择自己的房子，和自然亲密接触，同时也选择空气，选择江南古镇余韵，这时候，嘉定的居住环境或许就会显示出它的潜在价值。

家居上海嘉定，我对所有的朋友如是说。

老屋的怀念

许多年前，我们从上海市区迁来嘉定，住在塔城路的新村房子。记得沿着塔城路往东走，过了汇龙潭公园的围墙就能看到一片茂盛的茭白地，清澈的河水绕着潺潺流过。风吹过时茭白叶沙沙作响，十分动听。开春后，田埂边、河滩头则处处是肥硕的马兰头，当地人叫红梗菜，还有开着白花的荠菜。我携着小儿在散步之余有兴也会采摘一些野菜带回家，藉以下饭。在那个物质贫困的年月，回市区娘家时说起此事，还有些自得其乐。尽管如此，心里向往的还是上海市区的房子，毕竟最好的城市文化活动都聚集在市区。那时候流行的是：宁要市区一间房，不要郊区一栋楼。

记得当初我有朋友千方百计从嘉定调房到市中心，不但放弃了宽敞的住房面积、煤卫设备，还倒贴了几百元钱（当初也算是一笔巨款了）。他天天乘班车来上班，早出晚归的，还沾沾自喜，很有“市区上海人”的优越感。

以后，嘉定的房子越盖越多，田野离我们越来越远。周围的超市、商厦如雨后春笋般地长出来，居住地变得和市区一般无二了。我们现在住的房子，是第二次搬家了，房子就盖在当年我和儿子散步的阡陌上。在日益浮躁的日子里我们淡忘了采摘野菜的情趣。随着时代和交通的变迁，滚动的车轮把城市的市区范围迅速延伸、扩展，老宅搬迁、筹资购房渐渐成为人们现实的愿望和行动。人们开始抛弃老观念，青睐起小区环境良好、物业管理先进的郊区房子，而不在乎居住地远离市中心二十公里、三十公里，甚至更远了。郊区的住宅环境也已经日益市区化。更有一部分先富起来的，住进了郊区豪华的别墅小楼。

这两年，因为朋友买了新房，自己也筹划着换新居，报纸上的房产广告我看了不少，也实地在市区勘察过。但房型一直未见有合意的。几经寻觅，我不由怀念起以前的居住环境了，步行十来分钟，就能看到绿绿的田野，弯弯的小河，春天的时候还能采摘到清爽碧绿，没有污染的野菜，这样的环境是否还会再有？

小时候住的是石库门房子，那种小小的天井，弯弯曲曲的楼梯至今还令我难忘。到了嘉定后，有个要好的同事，她家就住在横沥河边的老街上，屋前屋后都围着矮矮的栅栏，栅栏里种着绿菜，葡萄架上挂着紫藤，她的老母亲因为患有眼疾，还种了枸杞子。红艳艳的小小的枸杞子，曾经令我们馋涎欲滴，那栋二层小楼就住了同事一家，楼梯是那种拐弯的，窄窄的，和大而无当的乡下房子决然不同。那时候楼上楼下我们跑得可欢了。可惜近来老同事见面，问到她家的院子，她说那里早已物换星移，面目全非了。二层楼房早已拆除，原来的居住区已经改建成几栋六层高的新楼了。屋前屋后的栅栏，栅栏里的枸杞子呢？我就没再问。

我终于明白了我想象中的家园，就是那栋老街的房子，低低的两层，有弯弯曲曲的楼梯直达二楼，屋前屋后，有绿地或者菜园，门前有清澈的小河，假如晚归，家人会兴奋地从楼梯上飞下来替你开门。这也许是无法兑现的梦想了。当我们得到煤卫和大厨房，住房条件一次比一次好，楼房越盖越高的时候，我们在得到的时候，我们越加怀念老街的房子。

枕河人家

以前单位里的团支书的家在嘉定州桥老街，临河，是典型的枕河人家，非常幽静。记得第一次和几个团员相约去他家玩，推开两扇木门，但见眼前是一个洁净的院子，院子里有口深井，井边有两株夹竹桃，正是开花的时候，花朵在微风中颤动，院子里就有了一种婆娑的美感。久居上海市区逼仄的石库门房子，走进这样幽深的院落，我顿时有一种别有洞天的感觉。年轻人都爱照相，我们纷纷在树下留影。

几个女孩叽叽喳喳地进了客厅，客厅的后窗长长的有着雕花木棂，窗就对着连祁河，而且做成船舷的样子，仿佛亭台楼阁，想来落晚的时候，凭窗而望，灯影桨声，一定很有夜泊秦淮的味道。拉开旁边的小门，竟是一个小小的码头。两边沿河人家莫不如此。看着静静的、无舟可系的拴柱，仿佛可以看见以前的小家碧玉回娘家时的倩影，但见她沿着窄窄的台阶拾级而下，待船夫解了缆绳，便轻轻跳上小船，吱吱呀呀的桨声唤起的是对亲人的期盼。

邻屋有人在自家的小码头上汲水、捣衣，那感觉就

窗就对着连祁河

像走进了黑白片的老电影里，恍惚听见村姑在唱："春季里来百花香，大姑娘窗前绣鸳鸯……"

团支书新婚的妻子是个中学教师，温婉秀丽，梳着两条过膝的大辫子，在我们惊艳的眼色中，她静静地笑着替我们斟了茶，就上楼去批改作业了。团支书的老母亲则看着我们眯眯笑。老人70多岁了，面慈目善的，穿的是那时候郊区老人多见的左面开襟的唐装衫，纽扣也是自己做的"长脚纽"。团支书说他有8个兄弟姐妹，个个都比他有出息，他在北京的哥哥更是身居高位，几次来接老人去京城颐养天年，老人舍不得他这个小儿子。有意思的是，老人喜爱看书，她坐的藤椅上搁着一本线装的旧书。那是在70年代初，1966年疯狂的扫四旧，焚烧图书的情景犹在眼前，在这个小镇的一所老屋里，却有一位白发苍苍的老妇人，两耳不闻窗外事，只管看她自己的旧书，倒也是个奇迹。好在我们都经历过红卫兵时代，既有过破四旧的狂热，也冒过暗地里辗转流传禁书的风险，所以见怪不怪。只是我那时热衷于外国文学，未对老人手中陈旧的线装书加以注目，所以至今不知道老人当时看的是什么书。

那天坐在铺满方砖地的客厅里，听着窗外的桨橹声，看着身穿大襟衣衫的老人蹒跚的身影，我想，幸好她没有去京城，假如没有了她，也就没有了老屋的魅力，没有了这江南古镇的悠远的气韵。那天的造访和窗外潺潺的水声，和院子里的婆娑的花影就这样深深地印刻在记忆里了。

日子和屋檐下的河流一样不会静如死水。团支书的母亲在80年代初故世了。后来关于那栋老房子竟然也生出了一些风波。据说团支书的父亲在40年代后期为了筹集经商的资金，秘密典当给一位朋友。那朋友也是出于哥们义气加以援手，典当只是一纸空头文书而已。因此，父亲虽然后来生意失败，一家子依旧在老屋里安居乐业。年长日久，当事人先后辞世，典当的事就湮灭在岁月的尘埃中了。谁知那朋友的后代在无意中竟然发现了当初典当的文书，找上门来，一场房产的风波就此展开。法律无情，白纸黑字，定论不言而喻。当团支书全家被扫地出门的时候，我在惋惜之余感到庆幸的是，幸好他的老母亲已经不在人世了。

有一年，我无意中重返旧地，发现那里的老房子都拆除了，旧址上耸立起一排排仿古的商楼。想起当初两家世交的后人为了这栋老房子，对簿公堂反目成仇，现在房子都没了，不免嘘唏不已。

回家后，我找出过去的照片，那张在夹竹桃树下照的相，照片上的房子已经荡然无存，照片上的人也已疏于往来，不通音讯。物移景换，古井自然已经填没。我想，当初的两株夹竹桃是否有爱花的人挖了去，婆娑在一个陌生的院子里？

挤　车

上世纪60年代后期，我中学毕业被分配到工厂去做学徒，师傅是农民出身，住宝山罗店。当时工人是最崇高最体面的职业，全家都很兴奋。学徒第一年新年，大年初一我在父母的催促下，提了一篮苹果，风风光光下乡去师傅家里拜年了。

那时候的水果篮可不是现在漂亮的花篮。它是用竹篾编织的，红绳捆扎后做个提手，老话称作“网篮头”。我提的“网篮头”是父亲陪着去买的，花了一元六角。“网篮头”的网眼很大，里面的苹果挤在一起，洋溢着喜气仿佛随时会蹦出来，父亲赞美它们“卖相交关好”。

那天我在市内轧65路公共汽车去长途汽车站。那时候我们从来不说乘车，总是说轧车。车厢有两节，中间是可伸缩的风琴式连接，俗称“巨龙车”。一头一尾车上有两位售票员。这车沿途从黄浦江董家渡码头到共和新路的长途汽车站，车上人很多，都是看望亲眷朋友的。每到一个站点，就有汹涌的人群堵在车门下。车上的人挤怕了就顶着车门不让开。售票员只得一遍遍地大声喊，革命的同志们，我们都是来自五湖四海……然后车门就开了一条缝，然后就有人拼命往上挤。好不容易车上车下都累了，车门也重新关上了，后门的售票员就用票夹使劲敲着车窗玻璃，发出非常响亮惊心动魄的哐哐声。车上知道内情的人就松了口气。原来这是给前门的售票员发“信号”。前门的售票员闻声而动如法炮制给驾驶员发“信号”，车就启动了。

我钻在车的中间，就是巨龙的腹部，是个大圆盘，两边的座位弯弯的，俗称“香蕉座”。我原以为这里空间大，少受拥挤推搡之辛苦，谁料想车中间站人的圆盘随着车子的拐弯和颠簸，不断左转右旋，闹得你晕头转向不说，你攥着拉手的手臂也扭得麻花似的，像在练杂技。我因为重点保护“网篮头”，身子就失去了平衡，老是往人身上撞，就有人冷嘲热讽：你当我是沙发呀？说着还猛一闪身，我一个趔趄差点跌倒。旁人打抱不平说道，公共汽车谁不碰着谁，新年新时客气点嘛！我委屈地理论说你碰不起呀？话这样说着，手里的“网篮头”不知什么时候已经乱了套，捆扎的绳子松懈了歪斜着，随时都会四分五裂。

我没有想到“网篮头”和人一样是碰不起的。我把它不断拽过来拽过去，同时小心应付挑剔的同车人，还得随着车子的颠簸忙着“扭麻花”，顾不过来苹果终于喷薄而出，滚了一地。我眼睁睁瞅着一只苹果顺着圆盘的空隙掉到车外面去了。我那时候只有十七八岁，眼泪说来就来，哭了。

此时香蕉座上有位穿工装的老师傅站起来招呼我坐，还钻在香蕉座底下帮我捡拾滚落的苹果，车厢里不断地有人叫，这还有一个！老师傅还逗我说，苹果苹果，小姑娘不要难过。捧着一破篮子失而复得的苹果，我破涕为笑。我后来追想那位老师傅，虽然看他穿着工装，却是一身斯文，面容白净，没准是位落难书生吧？那时候我们工厂也有不少“战高温”运动留下来的知识分子。

折腾到师傅的家里已经时近中午了。师傅正攥着一只断了脖子的老母鸡，喜气洋洋准备宰鸡待客呢，院子里一地鸡毛。

油灯、柴火

——我和火的交流

当年我中学毕业被分配到工厂去做学徒，正是“文革”时代，工人阶级领导一切，工人是最崇高最体面的职业。和上山下乡的同龄人相比，我的分配已算侥幸，可我心比天高，成天念着以前成名成家的梦想。

师傅农民出身，家住上海郊区。在父母的督促下，我恭恭敬敬地去乡下师傅家里拜年。那天师母很热情，聊了不少家常，一留再留，午饭后紧接着就是晚餐。灶头里的柴火很吸引我，它时而温顺时而暴烈。火的呼吸令我这个苍白的城里人着迷。我跟在师母后面学着在灶头烧火，和火有了一次面对面的交流。

当柴火刚刚点燃的时候，这是火的童年，它的呼吸是轻柔的，活泼生动的，有时候它躲在柴禾里，你以为它熄灭了，冷不防它又窜出来，在干硬的柴禾中显露出它纤细的身材。满满的，它成长了，熊熊燃烧努力向上，进入最壮美的青年时代。这时候它的呼吸是猛烈的，气壮如牛。火最动人的时刻却是它即将熄灭的时候，但见燃烧后的柴禾通体发红，火匍匐在柴禾上，如痴如醉，如影随形……周围的一切似乎都消失了，只留下单纯、执着。这时候的火已经和柴禾融为一体了。人类先祖因为火的发现，脱离了野蛮和黑暗而曾经欢欣鼓舞，此刻它勾起了先祖残留在我记忆中的喜悦。

菜肴搬上桌的时候，天也已经擦黑了。师母点亮了油灯，那时候上海郊区尚处在油灯时代。那晚，师母特意换了灯芯，又添了油，火光特别明亮宽厚。惜灯如金，师母又打开了织布机，织起了农家土布。墙头上晃动着师母摇曳的身姿，光影浮动，有时候竟占据了整整一堵墙。凝望着油灯橘红色的火苗，满满一屋金色的光亮犹如师母脚下的布机声，绵绵不绝涓涓细流，师傅则端着酒杯，满志的踌躇。

当时上海市民家里的光源大都使用日光灯，光线苍白，工业文明的气息十分浓重，这种久违的温馨的农家油灯便深深地烙印在我的脑海里了。我凝视着燃烧的火苗，它质朴、自然、原始，却很贴心。在它的映照下，生活显示出它隽永的意味。

收拾了一桌的残剩后，我跨出门槛，户外渔火般的火光星星点点飘浮在农舍和田野间，农家的油灯和人类祖先脱离野蛮的历史一样悠长。和电灯光、日光灯的张扬、眩目不同，油灯的火光内敛、含蓄、温顺，这也仿佛江南农民的性格：勤恳、憨实、平和。当时的江南农村，很少看见两层或多层楼房，在油灯的光亮下，一栋栋低低的平瓦房安安静静地立在夜色里，和远处整齐的田垄亲密接触。此时湿润的空气中饱含着泥土的气息，一切是那么亲和、融洽。我为自己能够目睹这种古老的生活方式而感动。

多年以后我又有机会去拜谒师傅、师母。正是晚上，那个小小的村庄已通了电灯，家家都有了电视机、液化气炉灶，晚上和城里一样亮堂堂的。师母已经老迈，但依然很健，她忙着打开电视待客，递水倒茶地满屋跑，只是亮堂堂的墙头上再也没有她晃动着的身影，没有了布机声声，也没有当初那种秉烛叙谈的情调。大工业的发展已经无孔不入地侵占了小村原先的土地，结构拙劣的厂房取代了无限伸展的田垄。农民们为了节省土地，也为了炫耀自身的财富，纷纷盖起了三层、四层高的小楼，家家小院全都是水泥地坪，寸土不留。

过去已经销声匿迹。

我为师母他们的新生活感到高兴，也为失去一种本质的生活方式而暗自惆怅。

离开师母家，我不由自主地驱车去了一家机场附近的乡村酒吧。酒吧是用原木搭建的，就一层，朴实无华，却拥有众多的常客。深深吸引我的是那一盏盏漂亮的小油灯，油灯烘托出的质朴的安静。我把油灯移近，油灯的火苗在微风中晃动。“小心火！”服务员提醒我。我无言。

我坐在桌前，和火默默交流。人类以身相许从上帝那儿偷来的圣火，什么时候变得疏远变得不可接近了？你甚至成为火警令人心惊肉跳？我似乎听见火的低语：因为疏远才有隔阂，才有彼此的逃避和恐惧！我更近地端详油灯的火苗，它那么娇弱，那么执著。当你以为它行将熄灭的时候，它却又出人意料地轻舞飞扬。它温柔、安静、坦然、热烈，一如它最初出现在这个世界的时候。

我在酒吧坐了很久。我忘不了多年前的那个晚上：我坐在农家的油灯下，墙头上晃动着巨大而亲切的师母的身影。在那个特殊的年代里，每个人都有自己辛酸和压抑的遭际，但是种种的不快乐，都在这个平常的日子里得到片刻的消解。

离开酒吧的时候我和老板商量，带回了一盏小小的油灯。那盏油灯后来就放在我郊外的新居里。晚上偶尔兴起点起油灯，在淡淡的火苗下和三两好友相聚，谈天说地。户外，小河潺潺，长风徐徐，恍惚时光倒流。

枚的故事

那一年，当枚的死讯传来的时候，我心里竟有一种如坠黑暗的感觉，欲哭无泪。我在笔记本里愤怒而悲哀地写道：一个美丽、善良、温和、优雅的女性在城市的黑暗中泯灭了！

1968 年，我被分配在一个远离市区的工厂里当学徒，认识了厂医枚。她年长我好几岁，我们在那里成为朋友，我们也在那里磨蚀青春和生活的热情。在那些远逝的暗淡岁月里，是枚用她微弱和温馨的光亮滋润了我年轻干涸的心灵。

作者当学徒的工厂

一个年轻漂亮的女医生，是能够让工厂人们产生很多想象的。枚的发式、服装是年轻女工们津津乐道的话题，而她的爱情故事则是年长女工们永不厌弃的花边新闻。我记得刚进厂的时候，为了一睹枚的芳容，我们这些十六七岁的小女工连着跑过好几趟医务室，直到如愿以偿。看过很多小说的我，觉着枚的美丽和优雅在这个设备简陋、飞短流长的工厂是一种奢侈和浪费。

枚的头发，是那种黑如漆、亮如玉的美发，精心修剪，自然蓬松，有“云鬓高耸”的典雅。她的服装剪裁得体，质地高贵，流逸出一个成熟女性的风雅和妩媚。25 岁的枚是我们心目中美的象征。令人感动的是，枚并不因为自己的年长、美丽、富有而冷落冰霜，从不拒我们这些小女工于千里之外，她似乎对柔弱、文气、因为无所事事而苦闷悲观的工厂女知青怀有天然的同情和关爱，也不用干巴巴的政治术语对我们说教。

在郊区工厂的集体宿舍里，她和我们同荷生活的平庸和无奈。

在“革命”流行的年代，她热爱的是摄影、旅游、服装、英俊倜傥的男友还有人的自尊。记得有个女孩因为失恋而自寻短见，枚约了我去看她。枚劝慰那绝望的女孩说：“你真心爱一个人，就应该让他知道失去你的痛苦，懂得珍惜你的感情……你在爱的同时要保持你的尊严。你还年轻，你会成为一个出色的女孩……”

听够了种种训斥和鄙视的女孩扑在枚的怀里大哭。那个女孩后来告诉我说，在所有赶来“做工作”的亲友领导中，只有枚的话使她意识到爱的尊严、人的自尊，并重新鼓舞起她生活的勇气。有一次我也遇到了不愉快的事，满心委屈的我逢人就诉苦，痛哭流涕的就差没去登报和广播了。枚找到我说“你嫌知道的人还少哇，你知道吗，水越搅越浑……你以为人人都同情你，就没有人幸灾乐祸没有人冷眼旁观？你呀……”

枚把生活温情的面纱撕开了，她给我看的是真实而丑陋的人生。我想起那一双双刨根问底神秘莫测的眼睛，我不寒而栗。从此我学会了含蓄。

我后来才知道，枚的这些处世哲学蕴含着她自己的人生辛酸。

20 岁的时候，她应征入伍，她的美丽和娴雅使她成为众人注目的“明星”。一年后，她却“因病”退伍。关于这段历史有种种离奇的传说，她本人则是讳莫如深。作为她的“小朋友”，我从人们欲言又止的诡谲神情里想象到传说后面的隐痛和遗憾。她后来又被她所钟情的男友欺骗和抛弃，据说那男友在和另一个女人结婚的前夜，还温情脉脉地挽着枚在城市的深处漫游……工厂里的人们说起这一切，个个眉飞色舞，枚的不如意的人生、失败的爱情在那个苍白的年代里替代了一切言情小说，使工厂人们空虚的精神得到某种畸形的满足。

在知识分子接受工人阶级再教育的运动中，枚首当其冲。她被迫脱下白大褂，换上了背带式的工装裤，她恰巧就分在我们班组。爱美的枚将臃肿肥大的工装裤稍加修改，穿在身上恰到好处，衬得她越加窈窕了。好心的组长有意无意地配给她一些轻松的零活。那些相聚的日子，在她也许是一种流放，在我们却是一种节日，和枚在一起的时光似乎特别美丽特别欢乐，在她的气质感染下，我们这些黄毛丫头悄悄地变得不同寻常了。我们看她开开心心的，我们以为她忘却了离开医务室的苦闷。我们要到很久以后才能理解枚强作欢颜，泪往心里流的痛苦。

写到这里我忽然想，枚后来走了极端，是不是她的性格所致、导致了她的人生悲剧？她习惯默默地承受，她是凝重的也是孤独的。

枚后来结婚了。她很爱她的工程师丈夫。也许是凑巧，她原来的男友也是一位工程师。尽管如此，她依旧保持着她独特的凝重和矜持。有一天，一位精神失常的青年女工突然闯进医务室，动手打了枚。顿时全厂大哗，当那女工被救护车载着疾驶而去的时候，舆论的轩然大波却汹涌而来。一些过去了很久的往事又重新变得新鲜和离奇。流言莫名地认定是枚插足破坏了那女工的初恋、以至于造就了那女工后来的婚姻痛苦。人们在津津乐道添油加醋的时候忘记了他们本身的精神是否健全和正常。

枚沉默着。枚在爱护自己的同时也在扼杀自己。

出于友情，我劝枚找领导陈述详情，要求给个说法。枚摇头拒绝了。“水越搅越浑……”枚淡淡地说。在她平淡的语气后面，我触摸到一种深深的失望和悲哀。很久以后我想，枚的心是否在那时候就已经死了？

这以后，枚大病了一场。我去看过她好几次。在她那间布置典雅的温馨的小屋里，我遇见了她的高大英俊的丈夫。我惊异地发现那位幸福的丈夫对枚被打被非议的故事一无所知，枚并未把自己的不幸告诉她最亲近的人。

我被深深地震撼了。

她喜欢一个人咀嚼痛苦。她在她家庭这个小小的私秘天地里，依旧保留着她独有的骄傲、自尊，还有隐痛，她是不是活得太沉重了？

枚后来调离了我们单位。我也开始了舞文弄墨的生涯。随着时代的变迁，我们也在变。她似乎变得有出息了。不时的，有她的好消息传来：她升了医务处主任、她加薪了、她当了先进……她也在留心我的文学创作，是我的忠实读者。她当然不会想到，有一天她会走进我的小说，只是她永远无法看到了。表面的得意掩盖了深刻的人生危机。谁也不知道，枚在一步步地走向归宿。她内心的失望积蓄得太多，她命定的，要在这个城市的黑暗中泯灭。

终于有一天，传来了枚的自戕的死讯，也传来了种种无妄的猜测和流言。似乎是涉及职称、涉及人事变动、工资级别，甚至涉及某种桃色新闻……枚的不寻常的死亡一如她的美丽，引起人们无穷和非凡的想象。

我为这样的想象而悲哀、麻木，我相信是这些流言杀死了枚。听说她的女儿小枚，在笔记本上写下了“我要为妈妈报仇”这样仇恨而愤怒的语言。我想，小枚一定知道妈妈是无辜的、清白的。

我没去参加枚的追悼会，我已经变得沉静变得寡言少语了。深情流逝，我没有勇气面对那些无意中参与了谋杀的人们。面对他们的悲哀，我分不清谁是朋友？听说追悼会对枚的评价甚高，溢美之词泛滥成灾，还把她的死因归咎于“工作勤奋、操劳过度，一时精神恍惚而失足……”

追悼会那天，我在枚家的大楼下徘徊。我沿着高高的楼房望上去，城市的天空灰暗而狭窄，我想枚一定没有抬头看那丑陋天空。我认定那是一个夜色辉煌的时刻，远处的天空迷蒙着童话的温馨和诱惑，也许还有歌声，仿佛圣坛前的合唱，美丽纯洁，引人入胜。于是她走向它，她的窈窕的身子绽开在夜空中，在瞬间即至的死亡中展示她的骄傲和尊严……

这样的形象永远困扰着我，折磨着我的灵魂，终于有一天，我写下了《厂医梅芳》。在这部中篇小说中，我把枚融进了梅芳这个艺术形象中。当梅芳这个形象日趋饱满，当我含泪标上最后一个标点时，我意识到我创作生涯中最重要的作品诞生了。因为它融进了一个美丽的灵魂，它是活生生的，生动而真实。

往日心曲

1969年春天，为了呼应席卷全国的上山下乡运动，工厂里也兴起一阵青工学农的浪潮。我所在的工厂在上头的布置下，也抽调了十几名“学生仔”（即66、67届刚分配进厂的中学生），去农村接受为期半年的“再教育”。

十几名学生仔大都是头头看着不顺眼的。有触犯工厂行规“早恋”的，留长发穿小裤脚管、追求“小资产阶级生活方式”的，喜欢音乐、书籍、舞蹈、服装、美食的，等等。我那阵子因传阅了一本普希金的《奥涅金》，被有关部门严厉训斥，正灰溜溜的，便也躬逢其中。还有我的好朋友惠，一个充满艺术细胞、能歌善舞总令师傅们侧目而视的漂亮女孩。

为了显示革命的名义，我们都没敢乘车，扛着大旗经过三个小时的长途跋涉步行拉练，来到上海郊区嘉定外冈的某个村庄。“宿舍”是生产队的大牲口房，一堵半人多高的土墙将牲口房一分为二，便是男女有别了。睡的是地铺，垫的是草秸。面对着简陋的陌生的环境，眼前闪过师傅们矜持而藐视的目光。我想，我们是被城市抛弃了（或者说是流放）。

说来也怪，在经历了最初的沮丧以后，黄昏降临时，面对着炊烟袅袅、千年相传的田园景色，十几个学生忽然又都兴奋起来。我们捧着饭盒散开在牲口房前的空地上，狼吞虎咽，吞下年轻而伤逝的岁月。我们远离了尘世。我忆起那一张张训斥过我的脸庞，我发现，远离是舔舐伤口的日子。

晚上，煤油灯闪闪烁烁地挣扎着，和户外的黑暗相比，显得微薄而纤弱。这是思乡的时刻。

横竖睡不着，十几个学生仔便隔着土墙聊天说话。

按照那时的说法是“开无轨电车”。谁也没想到，就是这晚，有个叫杨京京的调皮男孩一夜之间，突然成了我们的精神领袖。

杨京京先是说俏皮话。他说女人爱唠叨，一年中只有二月份说话少点儿。惠忙着问为什么，他一本正经地说，二月份只有二十八天么。他还不动声色地讲了很多笑话，乐得墙两边的男男女女统统哈哈大笑，其中惠的笑声最清脆明亮。所有青春的烦恼和苦闷在笑声中化为烟云。

后来杨京京嚷嚷着要喝茶，他把搪瓷杯子从墙头上递过来。他们全体男孩竟没有一个带热水瓶的。他们说，出门就想好了，届时，和女孩们共产主义。这边的女孩听了又笑又恨。惠从铺位上爬起来接过杯子，倒了茶递过去。杨京京大口喝完茶，一声说白：谢谢妈！然后一扬脖子竟唱了起来：

临行喝妈一碗酒，
浑身是胆雄赳赳，

鸠山设宴和我交朋友，
千杯万盏会应酬，
时令不好，风雪来得早，
妈要把冷暖时刻记心头。
……

杨京京唱得抑扬顿挫，慷慨激昂，很有水平。一曲唱罢，掌声四起，我们喜不自禁地起哄着：再来一个！再来一个！杨京京似乎也真想露一手。他当仁不让引吭高歌，《红灯记》、《沙家浜》、《海港》、《奇袭白虎团》……八个样板戏轮着唱，鸠山、刁德一、胡传奎、钱守维……杨京京满宫满调（京剧术语，即音高到位，声音饱满）地唱了一气，过了把瘾。这期间惠不停地给他倒茶递水，忙得不亦乐乎。我们则追随着杨京京，哼着锣鼓点子和过门，人云亦云。就是从这一刻起，一个部落的酋长诞生了。

大轴戏是歌剧《江姐》片断，沈养斋劝诱江姐的一段唱。杨京京开首一声：江小姐。音色沙哑缠绵，令人想到月光下的荷塘，寂寞而又苍凉。牲口房里出奇的安静，每个人都在用心听：

我也有妻室儿女父母家庭，
我也曾历经沧桑几度浮沉，
岁月无情浮生如梦
人世间又有多少明月清风，
莫把那快乐幸福轻抛青春耽误
你要三思而行哪！
……

完了没有人拍手，也没有人叫好。户外很静，户内也很静。草秸的野香在身下弥散、飘逸，仿佛郁积了很久的忧伤和叹息；远处狗吠的声音时断时续，述说着荒凉和恐惧。在这无边的寂静中，惠突然细声啜泣起来，那么柔弱、无望。

我们在这样的寂静中谛听惠的哭泣，我们能读懂此中的苦涩和孤独，因为我们都是被抛弃的孩子。我们曾经渴望过升学、成才、立业，渴望创造人生和享受生活，这一切渴望在“革命”的名义下被轻易地剥夺了。

从此以后，杨京京成了我们的当然领袖。领袖的意义并非在于其献身的事业是否伟大，而在于他非凡的号召力。我们簇拥着杨京京共赴小镇的点心铺，吃一碗解馋的小馄饨，或者是在他的率领下，借七八辆自行车浩浩荡荡夜行十几里路，看一场西哈努克亲王和莫尼克公主来华访问的彩色纪录片。我们彼此以兄弟姐妹相称，怀着激情和虔诚呼应着杨京京每一个别出心裁的主张。它们仿佛是盛开的鲜花点缀了那些平庸的日子，使乏味的生活有了期待和激动。

好多年以后，我回首往事，发现杨京京唱的，除了那支“谢谢妈”，竟全是反角，我们居然全都听得津津有味神魂颠倒，这是否象征了某种年轻人的“叛逆”？而沈养斋的唱段因其娓娓入耳“苦口婆心”，唤起我们的不正是对生活的期待和渴望吗？只是在那样的年代，一切的心曲只能以荒诞不经的形式曲折地流露罢了。

至于杨京京，他以后的命运似乎在那一晚就有了征兆。他在生活中也扮演了“反角”。杨京京后来当了兵，一年后他因言论反动被关押下牢，再后来他越狱逃跑，从此便再无下落。为这事惠又大受株连。传说杨京京和惠谈过恋爱，还说他逃亡期间回过家乡，他俩见过面，有关部门还秘密跟踪监视过惠。在人们窃窃私语传说这一切的时候，我宁愿回想那一个晚上，就是杨京京引吭高歌的晚上，那晚惠闪动着她轻盈的腰肢倒茶递水，在煤油灯光亮的朦胧下，她美丽活泼的剪影晃出一屋的温馨，还有那网膜一般覆盖田野的透明美妙的歌声、轻轻的细声啜泣……

有一天我把这一切写进了我的中篇小说《欲望的舞蹈》。我记忆起我们最后离开外冈农村的时候，兄弟们、姐妹们在地铺上窜来窜去的，蹦跳不已，有一点宣泄的激动和快感。或许这就是欲望的舞蹈吧？过去的旋律又在叩击我的心扉。心曲，能使爱人哭泣的心曲在流逝的往日里重现，我读懂了它所有的温柔和庄重。我在城市的深处，我瞥见的是乡村土屋，土屋里是惠旋小煤油灯灯芯的身影，年轻而美丽。

地图上的南翔

南翔对于老上海人，有一点点苏州的味道。很多年以前有不少在上海做事的男人，家眷往往就安顿在苏州城里，每个星期总有一两天，情感的火车载着他们往返于沪宁线上。因此上海话中假如说一个人已经熟睡了，就说他：到苏州哉！而南翔就是有这么一点味道的。它和苏州一样珠串在陈年的沪宁线上，散发着素朴而持久的魅力，一样有很多窄窄的河道，有一个个幽静的私家园林，一排排临河而筑的木结构民居，清冽的河水映照着浣衣妇人柔软而质朴的身姿。“有居沪之外人，于此立别墅者，星期日来，去后门加锁键，一隔多日，了无变故。且交通便利，火车之外，小河四通八达……”（许广平 1929 年《两地书》）。这是老上海人梦中的南翔，泛着沉香朦胧的江南底色。

1969 年的春天，我和一群男女同学结伴骑车从上海市区来到古猗园。这是我第一次骑车远足，走近南翔。到此一游，无论岁月如何荒诞，欢乐总是这样简单。那时的沪宜公路两侧是高高的树木和广袤的田野。很多年以后我听到一种传说，脚下这段上海绿杨桥至南翔的公路，最早是在 1932 年“一·二八”淞沪抗日战役中，由南翔人民突击修筑而成，供英勇的十九路军的炮车通行，当时路宽仅 3 米。直至 1935 年锡沪公路（沪宜公路）建成，才逐渐拓宽。1937 年的“八·一三”淞沪抗战中，南翔再次成为军事要冲，著名的抗战将领张治中将军就在南翔车站指挥战役。一寸山河一寸血，这里曾经是弹雨血花，杀声震野，中华男儿在这里以血肉之躯抗击日寇的枪炮。古猗园内纪念东北沦陷的缺角亭，有否目睹宋庆龄、何香凝前线慰军的大爱深情？

1968年夏天，我来到嘉定工作。我和过去的那种老上海人走着相反的路径：每周往返市区探望父母。其间每每经过南翔，沪宜公路上总能看到似山非山的鹤槎山，这座南宋名将韩世忠抗击异族侵略的烽火墩，在南翔人的眼里却成了一座“山”，并屡屡铭志，载入史册。可以想象，素来以刚烈著称的南翔民众对英雄的崇拜。鹤槎山上留有清代香雪庵的残居，残居边有株高耸的古银杏，感觉总是浓荫蔽日，据说它身上还留有太平天国的炮火残痕。女诗人柳如是在明崇祯年间游历南翔，即寓居在鹤槎山一边的邁园。柳如是平生侠骨柔肠，雅好谈兵，素来以梁红玉自比，她爱在鹤槎山登高遐想，感怀身世。两位不同时空，历经战乱的红颜女杰心灵相通壮怀激越的是对祖国山河的挚爱和痛心吧。

鹤槎山上建于解放战争期间的碉堡，那黑森森的枪洞依旧深不可测，仿佛在诉说昔日战争的酷烈。曾经有为数不少的士兵在进军上海的战役中倒在了这块土地上，至今嘉定烈士陵园仍然耸立着纪念这些年轻生命的无名英雄墓碑。

鹤槎山上的碉堡

朋友，假如你打算在千里莺啼绿映红的时节畅游江南，我建议你选择美丽的南翔。它距离上海16公路，从上海市区到南翔，交通极其便捷。你如果驱车上沪嘉高速，可从南翔立交而下，沿途将看到鹤槎山、古猗园，前朝民居和新楼相映……

南翔有句老话："走尽天边，不如黄渡东边（南翔）。"第一个说这句话的人，必定是借昔日水运繁盛之时的舟楫之便，周游天下。今日也有返璞归真之人愿意租一条小船游南翔。横沥河、走马塘、封家浜和古名槎溪的上槎浦等河流，在镇中心交汇，形成了著名的八字形的三桥（吉利桥、太平桥、隆兴桥）景观。历史上这里清波荡漾，舟楫往来，曾经商贾云集，游人如梭。租一条小船双橹轻摇追溯前尘旧事，拱桥、河埠头、临河的民居、高檐的门楼、古拙的桥栏……在桨声波影里谛听水巷里妇人的笑语，或许会有若隐若现的箫声，低唱，未必不是明末清初的江南才女柳如是和嘉定文人程嘉燧等名士贤达，“城晚舟回一水香”，在画舫中的曼声低吟……

1949 年 5 月 26 日晚，陈毅、张鼎丞和中共华东局机关等接管上海的干部乘坐三十辆公共汽车，从南翔出发进入市区，宣告了上海战役的胜利结束。南翔火车站曾经是他们重要的集散地。这条建于 1904 年的老铁路，又一次显示了其地理位置的特殊意义。如今的南翔铁路站已经是华东地区最大的铁路编组站，维护着铁路大动脉的畅通，晚上俯瞰，近百股道轨在夜色中灯光闪烁，极其壮观。

我在横沥河西岸农民新家园的工地上，目睹一堵堵砖墙平地而起。已经竣工的一百多栋别墅小楼，水、电、煤气、有线电视、通讯等基础设施均一步到位。有迫不及待的乡民也在大兴土木抓紧装修，那种急欲入住的心情仿佛触手可及。这座占地一千多亩的农民别墅群，将耸立起数百栋农民别墅，其总体布局状如一朵美丽的郁金香。南翔的郁金香酒曾经在 1935 年的莱比锡博览会荣获金奖。历史上的“郁金香”重又飘香，而版图上的“郁金香”——农民新家园已经在次第绽放。

白鹭天堂

一棵大樟树慵懒地斜卧在河面上，仿佛落寞的美人，河里飘零的落叶，林间点缀的小花都抚慰不了她的清冷。当守园的农人打开花园的柴门，我们依次而入时，呈现在我们眼前的就是这样一个空灵的瞬间。随即就是满天的白鹭腾空而起，声声鸣叫穿梭在黄昏的树林里，沉睡的花园此时显得更神秘幽深。

这是在九寨沟的森林海子还是在庐山的幽谷深处？也许你不会相信它就在大都市的一隅。这就是坐落在上海郊区嘉定封浜星火村、湮灭了半个多世纪的黄家花园。

新编嘉定地方志上称其为“废园”。

黄家花园建于20世纪20年代，距今已有八十余年。园主黄伯惠是当时上海滩著名的远洋船主、《时报》的第二任老板，资财雄厚，有“黄百万”之称。黄伯惠爱好美术、摄影、体育。因职业和爱好的关系，黄伯惠经常游历海外，对世界各地的名贵树木十分心仪，遂有了与兄弟黄仲长一起建造私人植物园的愿望。

竣工后的黄家花园占地68亩，建造由外向里十分规则：篱笆墙、树墙、环路、环河、环形土山，山上种植

黄家花园

了数不清的名贵树木，极盛时，光松树就有几百棵。山水环抱的深处，是主人的草地、别墅、荷池。环河上设有一木板吊桥，为唯一通道，通向主人住处。晚上或遇警时将吊桥升起，十分安全。园中所植树木种类达两百多种，名贵树木逾三十多种，许多均远涉重洋，购自异域，如英国的橡树、胡桃、美国的红杉（俗称世界爷）、日本的樱花、外国种松以及各种竹子和奇花异草。没有厅堂轩斋、亭台楼阁，而有林木参天、繁花似锦、小溪清澈。黄家花园以其独特的森林景色而有别于传统的私家园林。当年园主还特地聘请了一名日本植物专家作顾问，园丁数人在顾问的指导下专事植树种花，精心养护，花园因此日益繁茂，生气盎然。

“初发芙蓉，自然可爱”。黄家花园犹如一位林中仙子，飘逸在上海郊区的田野里，成为黄伯惠兄弟携妻带子、呼朋唤友度假避暑的世外桃源。春眠不觉晓，梦醒不知是何处。

却不料山河动荡，城门失火。1932 年一・二八事件爆发，日本向驻守上海闸北的十九路军发起进攻，挑起战火，并于3月3日入侵嘉定，期间几次疯狂轰炸南翔地区，黄家花园亦有损伤。1937年日军在上海再一次挑起侵略战争，中国军队奋起反抗，时称八·一三抗战，南翔、真如地区遂成战场，遭日机狂轰滥炸，被毁民房不计其数，黄家花园再一次成为俎上鱼肉，别墅倒塌，花草凋敝。是年12月上海沦陷，花园被日寇侵占，周围树木被伐，名园惨遭蹂躏。

抗战胜利后，园主亦曾设法对花园被毁树木加以补种、修葺，但显然已力不从心。不久国民政府在此设立乡公所和乡保安大队部，黄家花园从此步入凋敝岁月。1949年后，黄家花园一度成为南翔区政府和南翔槎南乡政府的办公处，后因两棵六七米高的世界名木——美国红杉管理不善遭人攀折而枯死，引起有关方面的重视，1957年，黄家花园由嘉定县农业局苗圃接管，遂禁止外人入内。一代名园从此无闻，沉睡至今。同行的朋友是附近南翔镇人，说小时候顽皮，几度在黄家花园外面徘徊，终因水深林密不能入。

30年代上海颇有名气的散文作家曹聚仁1950年去港

后，在香港报栏撰文叙述在沪期间的所见所闻，十分赞赏地提到过黄家花园和那两棵美国红衫，特别说明此树是世界最高的树种，可高达一百公尺，而黄家花园的红杉“正在发育成长中”。曹先生撰写此文时正是60年代初，他显然不知道这两棵红杉已经时乖命蹇，少年夭亡。据说“文革”时期黄家花园内被迁移了不少树木，可以想象，黄家花园的林木资源何等丰饶富有。当然这样的迁移如今已不会再发生了，黄家花园的旅游、文化、植物学方面的价值已日益为当地所重视，园内现除有专人看管外，还有一条大狼狗日夜巡护，以防心怀叵测之人窥视侵入。花园显得愈发神秘了。

半个世纪倏忽而逝。不知从何年何月起，人迹罕至的黄家花园成了白鹭的家园，每年春来秋去，数以千计的白鹭在园内的林子里栖息生养，听说常有孱弱的雏鸟流落在田垄，被好心的村民收养照护，然后放归园林。人鸟成了睦邻。那天我们由环河上的填土（原木板吊桥）进入花园深处，爬上土山，在遮天蔽日的森林里躬身而行，但见脚下厚厚的落叶层上沾满了星星点点的白色鸟粪，此时正是鸟儿归巢的时候，一不留神，忽听得一阵骚动，随着鸟鸣和扑愣愣的振翼声，一群惊飞的白鹭从脚下掠起飞天，有“一行白鹭上青天”的美感。仰望枝叶斑驳的天空，掠过树梢，数不清的白鹭在低空盘旋，舞姿抑扬起伏，婉转如歌，令人心醉神迷。万千羽毛在夕阳下闪烁，宛如一池碎玉。我们唯恐惊扰了这些自由的舞者，便小心翼翼地踩着鸟粪，踅出林子。

据说黄家花园的归属现仍有争议，这也是至今不能对外开放的缘由之一。“换却花篱补石阑，改园更比改诗难”，纵观国内不少园林的修复不无草率处，令人扼腕叹息。黄家花园的两难也许正是黄家花园的福音，或者说是白鹭的福音吧？我忽发奇想，何不在此设一个自然保护区，保持原始森林花园的神秘和幽深，让黄家花园成为现今城市人浮躁的宣泄，让白鹭依旧自由地翔舞，天空依旧婉转如歌，把这片都市一隅的浓荫，把“白鹭一行上青天”的诗情留给后人。

等待出阁

应朋友之邀去上海郊区的浏岛，巧逢小雨。

浏岛坐落在嘉定的唐行小镇，一百多公顷的一个袖珍人工小岛，和一河之隔的协和高尔夫球场一般大。浏岛在上世纪50年代由老浏河和新浏河合围而成，四面环水，初时荒芜无人，多为船民居住。70年代初，园林管理部门在小岛建立了桂花、香樟、银杏、紫薇、蜡梅、雪松、水杉等二十多个苗木基地，仿佛刚出生的农家女孩，就此种下了日后不薄的嫁妆。现在苗木已经成林，树林覆盖面积高达27公顷。岛上因此空气清新，四季花香。

一路上但见银杏林、素心蜡梅丛、桂花林、香樟林、水杉林、雪松林……当地人把它们叫做“树林子”。它们和传统意义上的自然森林是有一些区别的。二十多个风姿各异的“树林子”把浏岛装扮得满头珠翠，摇曳生姿。

雨天的浏岛连雨丝都含着芳香。我们一行数人贪婪地作着深呼吸，细品着水分、花香、果味，负离子的清新……那种感觉就像长路风尘后的洗浴，在花洒喷头的淋漓下，心身顿时轻盈起来。

作者漫步在浏岛

更奇妙的是徜徉在小岛的林子里，湿漉漉的空气里饱含着木质的气息，仿佛夏日啤酒的泡沫，泛着令人沉醉的微弱香气。浓荫深处，嫩草从松软的落叶层底下钻出来，有一点调皮和欢喜。同行有浪漫的立时就想象说，放晴的时候邀三两知己，携啤酒饮料面包，在森林里席地铺纸，饱餐之后仰天而卧，数数枝椏间的天空，聆听茂林深处飘来的鸟鸣，“感觉不要太好！”

又有人说，假如独自在树阴下休憩，一吐胸中尘世的郁积，在霎那的时间里万念俱空，又何尝不是一种“太好的感觉”？

其实两者无论取舍，你都会走不出这里的树林子。不是因为它的茂密苍茫，而是因为它无法抵挡的魅力。

漫步在雨中的浏岛，遗憾的是早年建立的景点“农家乐”，已经门庭冷落。我们沿着错落有致的曲廊闲步，织布机、水车、独眼锅灶、石磨散落在各个瓦房里，因为无人光顾，落落寡合。屋里用原木搭建的横梁和立柱，保留了木材本身的木瘤和略微的弯曲，没有刻意地削光打磨做直，自然的肌理和筋肉，大度单纯，竟有一丝质朴的古意。令人绕柱抚摸，观赏不已。同行的有人怂恿说，把家搬过来！其实说话的人又何尝不想？只是现代人的吃住行，不是几间瓦房，一门灶眼这么简单。我们只能望院而叹了。

离开农家乐，我们又驱车来到状元楼、伏虎寺、潜研堂。此三处古建筑均为80年代初从嘉定老城厢移建于此。伏虎寺始建于南宋年间，明清两代曾屡毁屡建，状元楼和潜研堂都是清朝乾隆年间的建筑，兼具明清建筑的古朴和典雅。尤为珍贵的是潜研堂，系清朝一代名儒钱大昕故居，粉墙黛瓦，檐角高耸远眺，简朴中透出严谨。钱大昕晚年在此史海钩沉，“无不探讨”，“洞彻原委”，留下了《二十二史考异》等皇皇巨著，其著述精深，泽被后学。

令人扼腕的是，移建后的潜研堂竟成了某单位的食堂。闻着米饭的俗香，打量着盛着碗筷的破箩筐，理该是后人瞻仰凭吊，领受其治学精神洗礼的圣地，却每时每刻受着烟熏火燎的折磨，联想到新的名人故居正在遍地开花，有些甚至只是一个小城的所谓名人，竟也“生祠盈天下”，实在是一个大大的讽刺！听说钱大昕墓坐落在离嘉定不远的外冈，其墓碑面向原故居旧址——嘉定孩儿桥，这是钱大昕感情深处的寄托。可惜故园不再。不知自号“潜研老人”的钱大昕先生，在冥冥深处眺望故园的心情如何？我不敢妄想。

站在浏岛南岸，眺望协和高尔夫球场起伏的草坪，它的中国古典式的大门牌楼、亭阁，和浏岛移建的古建筑隔河相伴，似乎有感应。临近是绿野、农舍，河两岸绿茵处处，俨然一个世外桃源。脚下清澈的浏河水，曾经载过明朝三保太监郑和下西洋的宝船。这是上海这个大都市美丽的净土，假如你想寻找林深、花香、水秀，假如你想吸氧，你想到状元楼的走马廊信步，想去潜研堂凭吊古人，那就不妨到浏岛来一走。从上海市区驱车经沪嘉高速公路、嘉行大道，40 分钟就可抵达。

听朋友介绍说，浏岛的旅游开发正在紧锣密鼓地进行，有人把充满野趣的浏岛比喻成等待出阁的姑娘。我想到那些美丽的树林子，想到九寨沟星罗棋布的海子、黄山千姿百态的松树……假如没有了海子也就没有了九寨沟的童话世界，没有了松树也就没有了黄山的风姿。同样没有了美丽的树林子，也就没有了浏岛的未来。期待浏岛的主人，永远善待我们的树林子，保护好状元楼、伏虎寺、潜研堂、农家院舍，还有那无形而宝贵的空气……

墅沟风情

广州靓女小青曾经不屑一顾地说，上海不就是南京路吗，除了人还是人。小青说这话的时候是陪我在广州莲花山的古采石场，山道上，南国的三角梅和相思树在那些鬼斧神工、千姿百态的石峰间怒放着艳红和葱绿，仿佛在诉说古代石工的坚忍和勇敢。小青就是在这样人工和自然互为雕塑的美景中说这话的。

第二年秋天小青来到上海，我执意把她请到嘉定“周末一日游”，我想让她领略一下江南古镇的悠悠风韵，古老和现代互为雕塑的美丽。

在沪嘉高速公路嘉定的出口处，在具有欧陆风格的酒店大堂里，我再次握着小青的纤手，有朋自远方来，不亦乐乎。小青说她已经在附近“观察”过了。然后她如数家珍：充满异国情调的酒店，墅沟路上漂亮的居民小区，还有连绵的草地，小树林……她为墅沟路的美丽和宁静而感到惊异，她说她喜欢这些蔚蓝色的尖屋顶，纯粹的花岗岩雕凿出的窗框，那种质朴宁静的建筑使人想到欧洲的古典音乐。已经下海的小青曾经是个琵琶演奏家。

作为一个久居嘉定并到过许多城市的人生过客，尤其是一个居住在墅沟路上的居民，我看了大都市太多千篇一律的玻璃幕墙的高楼大厦，我也深爱着墅沟路。这里曾经是乡间的小河，明末才女柳如是和嘉定四先生程嘉燧、唐时升交游，不知她的画舫是否在这里驻留过？这条路的两边有很长一段人行道，铺设的不是那种随处可见的彩色路砖，而是天鹅绒般的绿草。春夏的时候绿草茵茵，秋冬的季节则是一片金黄。我常常小心地踩着它进嘉定城或是去汽车站漂流四方。根据我的长篇小说改编的电视剧《汽车城》，曾在这里摄取过很多镜头，主角潘树德和杭天飞就是在这里萌发爱情的。去年不知是哪个不义之人在此燃放爆竹，毁了其中一段草地，《新民晚报》为此刊登了嘉定读者的来信，予以谴责，可见嘉定人对它的喜爱。我喜爱它的带点弯曲的路径，喜爱附近酒店敞开的花坛、喷泉、墙雕、英式圆亭，还有泊在那里的各式轿车：帕萨特、别克、雅阁、福特，仿佛一个小型汽车展览。我也喜爱周边的绿地，一条弯弯的人工河边，常常有老者在此垂钓、晨练，白发映照着前面那栋张开双臂的生气勃勃的大楼，别有一番平静的感觉。

我和小青在酒店西式小餐厅要了一杯饮料。窗外，是和式小花园。设计者颇具匠心的构思给这欧陆风情的庭园增添了东方的神秘和典雅。饮茶后我们赶到嘉定城里，游览了江南名园秋霞圃。

秋霞圃始建于明代，是当年工部尚书的私人花园，以小巧、雅朴、富于书卷气而著称。园里无论是假山水池，还是一隅一石一树，都经过当时主人的百般推敲和锤炼，注入了深厚的文心诗意，可谓“三五步，行遍天下”。我和小青坐在凌波的水榭——碧光亭看山光潭影。

桃花潭上小小的“涉趣桥”，取陶渊明的“园日涉以成趣”的诗意，当年园主夏日读书之处的“池上草堂”，取白居易的《池上篇》和《庐山草堂记》篇名合而为一，寄寓了园主归隐林下的情怀。

由碧光亭沿北岸小道曲折而行，过四面厅到一小亭，该亭名“枕流漱石”，渗透了古代文人钟情山水的闲情。亭前一棵明代木莲，根似长蛇绕石而生、盘根错节，亦给古园增添了奇木景致。树下是古筝石琴台。琴心相通，小青说身临此景她恨不能脱离商海、重操琵琶。

倦鸟归巢，我们后来又来到酒店小憩，因为是周末，夜色中的“蓝屋”灯火辉煌、客人如梭。我们倘佯在墅沟路，这是通向嘉定的路径……

靓女小青轻轻地说：我想在嘉定墅沟路买一套小房子，小小的，放一把琵琶。

“上海不就是南京路吗？除了人还是人？”我故意逗小青。

是什么触动了小青归于平淡的心情？秋霞圃？还是墅沟路的美丽？我琢磨着。

弥漫在我小说中的古镇韵痕

有一天，我读自己的小说，惊异地发现弥漫在我小说里的那种古老的江南文化韵痕：拱桥、深巷、青瓦、粉墙、牌坊、宝塔、身穿唐装的老妇、悬壶济世神态安详的行医郎、会说洋泾浜英语目睹过十里洋场的老工人……它们给我的小说抹上了一笔怀旧的情调，使发生在工厂里的故事，无论是失去还是痛惜，都呈现出一种凝重和悠远。这和我长期寓居嘉定有着深厚的渊源。

1968 年，19 岁的我被分配进厂，当我执着一纸通知走进工厂的大门时，我不知道我将和工厂，和嘉定结下一生的缘分。

耸立在田野里的工厂并非那么诗歌那么田园，它和动荡的年代一样喧嚣着人类愚蠢的激情：学农、拉练、军训，还有数不清的互相残杀的运动。我们在诸如此类的磨砺中丧失了天真和纯洁，心灵渐渐苍老。在那些黯淡的日子里，我目睹过美好生命的死亡和理想的幻灭。在那些平凡灵魂的挣扎里，我触摸到顽强的生生不息的生命力，在它们的汪洋里生长出我们城市的节奏和沧桑。我看见年轻女工们为了追求一件漂亮的衣服、一份体面的嫁妆，节衣缩食含辛茹苦，甚至从早到晚不吃一顿饭，她们全部的期待就是在中班的间隙享受一份补贴性的工作餐。当衣着漂亮的她们花孔雀般惹人注目地出现在工厂的电视室里、厂车上时，这些脸容憔悴的女工给我《项链》式的悲哀。我也目睹过50年代走出家门、富有理想的大家闺秀，在工厂充满铁腥的空间里她们美丽的心灵变得粗糙、也变得老练世俗，她们怀旧的目光给我世事沧桑的感慨。还有不惜以身殉情维护爱的尊严的年轻恋人……

作者与叶广芩在嘉定老街散步

多少次，我在嘉定古镇的老街上散步，两旁那些低低的屋檐，那些有着精美砖饰的门楼庇护过我青春的苦闷。坐落在南门的那座简陋的面馆，在寒冷的冬夜暖过我的饥肠，还有一度荒废了的秋霞圃、叶池使我瞥见嘉定古老而悠久的文化。抗清志士黄淳耀鲜血留碧、侯峒曾自沉叶池的悲壮史实，更给我精神上的震撼。家居嘉定的老职工们更是用他们朴实无华的胸怀让我领略了人间温情，我吃过他们种的山芋、玉米、葡萄、腌白菜，穿过他们织的土布。而家居市区的性格“海派”的老师傅则悄悄地吟唱过旋律优美的外国民歌……这一切滋润着我，熏陶着我的灵魂，使自幼酷爱读书的我由肤浅变得深沉、变得努力，终于有一天，我拿起笔，走进了文学的世界。我在小说里再现了那些流逝的岁月。而工厂和嘉定的一切人文景观就成了小说永恒的背景。

留在我记忆中的嘉定，似乎永远是那么文化那么江南，永远如明清时代一般，文气极盛。而在这一切的记忆里沉浮着我的沧桑岁月。

平常日子

远逝的情书

有个恋爱的女孩，和她远在美国芝加哥的男友“煲电话”和发送电子邮件，两年来耗费了两万多美元。据说在电话已经普及、电子邮件进入寻常人家的今天，人们已经很少用笔来倾诉爱情了，尤其是年轻一代。对于他们，在电脑上浏览用规范划一的字体传来的情人邮件，或者直截了当的“煲电话”才是真正的心灵体验和爱情倾诉。两万多美元，这样的记录似乎足以说明爱情的热烈和昂贵了。进入电子时代以来，电话、传真、电子邮件甚至电脑可视电话等高科技的通讯手段不断涌现，人们视写信为“老土”了。据说若干年后，手写的书信因为稀少将成为某种收藏。当周围的人们把这样的故事当作城市传奇的时候，我却常常要想到许多年以前的情书。那种用钢笔蘸了纯蓝的墨水写的，萦绕在心间不散的美丽文字，曾经激动了我们多少个无眠的夜，抚慰了多少平庸的岁月。

那是一个充满激情而又苍白的年代，人们对爱情讳莫如深，然而爱情依旧以她特有的力量和魅力深深打动和征服着年轻一代。

在那样的年代里，恋爱中的女孩悄悄期待的就是爱人的情书。在那些期待的日子里，怀着少女的羞涩和喜悦，她们总喜欢往单位的门房跑，她们到达门房的时刻，往往是邮递员骑着单车的绿色身影蓦然出现的时刻，她们用心灵计算的时间是那么精确和铭心刻骨。

我就在这样的行列之中。

永远忘不了这样的时刻：从看门老头的手中抢过情书，看着信封上没有地址的“内详”两字，心里说着：就是他、就是他……然后躲在无人的角落里急切地阅读。

那些滚烫的爱的字眼，那些扣人心弦的甜言蜜语在标着政治口号的信笺上跳动，它们带给我心灵的震动和抚慰。眼前的时刻因为这些而辉煌和丰满起来，热泪在眼中幸福地涌动……到了晚上，在集体宿舍的单人床上，放下蚊帐，在绝对个人的天地里，情书再一次带给我激动和想象。借着微弱的灯光，我也用我手中的笔向他倾诉那些难以言说的热情，在第二天的早上把同样写着“内详”的情书庄重地投进邮筒。那时候的我和他，因为看过很多文学书籍，罗密欧与朱丽叶、马克思和燕妮，陆游和唐婉，所有中外闻名的经典爱情故事、唐诗宋词纷呈在我们的笔下，阅读和书写情书成了一次次文学上的洗礼。

在未来的日子里，我走上了文学创作的道路，情书或许就是我最早和最好的文学熏陶和实践。

结婚以后，我们把双方的情书合在一起，用一根细绳紧紧地扎了，放在一只旧箱子里，偶尔的，我们也会拿出来，重新阅读带给我们新婚的欢乐和喜悦。

随着孩子的降生，单位工作的变动，房子、儿子、菜篮子……烦恼人生使我们渐渐地忘记了过去的情书。

结婚后与丈夫、儿子

在那些琐碎的日子里，这些记忆着我们青春的情书已经被排挤到床底下的旧纸箱里了。那时候，说一句爱的话似乎成了一种奢侈，不要说重温旧梦的闲情了。直至有一天，五岁的儿子用他稚嫩的手无意地打开了过去。

五岁，正是充满冒险和想象的年龄，儿子常常从外面拾来一些普通的石头，说是宝贝。他也在床底下寻找宝藏。

这是一种秘密的寻找。在我们毫无察觉的情况下，情书已经以一种特别的形式出现了。

那几天，儿子很自得其乐地折叠着纸飞机，他先是在屋里放飞。后来又跑到阳台上。妈妈！妈妈！一只，两只，三只……看着纸飞机在风中摇曳的一个个小影子，我和儿子一起欢呼着。

不经意的，我打开一只纸飞机，我呆住了。这是一封过去的情书。

我蓦然明白了那些在风中摇曳的“飞机”，它们意味着什么。

它们在风中摇曳，并且渐渐远去。有两封没有飞走的情书，算是“劫后余生”，重新被我珍藏起来。

随着时光的流逝，有一天，我发现20岁的儿子也在悄悄地书写着什么，看着灯光下他那年轻单纯的面影，那些在空中摇曳的定格在心版上的纸折的“飞机”又清晰起来。我想，这是不是一种生命的必然？人们在时光流逝中懂得珍惜懂得延续？

我重又找出过去的情书，我并不在乎读它们。阅读似乎已经不能表达我此时的心情，我只是轻轻地抚摸它们，我似乎又听见了我年轻时候的心声：就是他！就是他！

这就是情书。即便是远逝，也是永恒。

“谁人再寄锦书来？”那种灯下笔谈、夜读情书的温馨时刻，那种一纸爱笺可以慰藉一周、一月、一年甚至一生的浪漫真情，是电话、传真、电子邮件永远无法企及和替代的。尤其是当你渐渐老去当你重温旧梦的时候，过去的情书、心爱人的熟悉的笔迹还给你意外的惊喜和纤纤情愫。

家里的厨事

小时候，因为生得十指尖尖，鸡爪疯似的，算命先生对我母亲说我是夫人的命，将来只管“饭来张口，衣来伸手”。记得母亲大笑着说，都什么朝代了，哪来夫人不夫人的！母亲还是很有觉悟的。

可不知是天意还是人意，我总学不好家务，曾经学着煮饭，兑水时先让母亲过目，后来学会了用手指比划，一比一，好歹凑合。就这么点儿能耐，还常常出错，丢三拉四，顾了这头忘了那头，不是锅盖没盖，就是火候没到。有一回，干脆，煤气大火小火旋到极限，人却一走了之，玩去了。待到家人发觉，连锅带饭都成了一堆焦炭，损失惨重。为这老是被父亲吃“头榻”。

后来参加工作，住过一阵子单身宿舍，唯一的长进是学会了下面条。在煤油炉上架一小锅水，待水开了，把面条下进锅里，然后放油盐酱醋味精什么的，另加一碟食堂里买的炒菜。这么一锅面条有点像日本相扑运动员吃的火锅，量丰且味美，吃得我忘乎所以，一年后体重增加了十来斤。岂料某个节日，我偶尔到一朋友家串门，承她留饭，亲眼看着她下面条，方知还有换水去碱这道工序。想到一年365天自己不知吞吃了多少碱水，心里懊丧不已，还真觉着自己的皮肤被碱水侵蚀得日益干枯，失去了细腻和光洁。从此对面条耿耿于怀，敬而远之。

结婚后，先是把希望寄托在丈夫身上。丈夫婚前也曾夸下海口，说是会烧中西大菜、各色点心，馋得我恨不能当夜就与他拜堂成亲。没成想婚后他露了两手，骇得我就此缴了他的械，把司厨的重担一肩挑了。

丈夫的第一手是目鱼烤肉。他选了肥瘦适中的腿肉切块，四两左右的目鱼若干只，配以糖、酱油、绍酒、桂皮、丁香、大茴香，精心烹调，起锅的时候还把卷成结子的香葱放在面上，红绿相映，令我食欲大开。我不待开饭就食指大动，先是急吼吼不知其味，待解了馋慢慢品尝，始觉不妙，涩嘴、麻舌，还隐隐约约有股异味。丈夫却浑然不觉，只管得意，令我觉着自己百般挑剔不是个好婆娘。

三天后才发现，目鱼的眼睛没挖掉，丈夫把目鱼的墨囊一古脑儿煮在一起了。一家子昏昏沉沉，慢性中毒了好几天。后来每次斗嘴，理屈词穷之际，我便把他“下毒”的旧事兜出来。秋后算账，好歹也能扯平。

丈夫露的第二手是端午肉粽。端午的时候，看见左邻右舍买箬壳、糯米、猪肉，忙着烧煮，一派节日气氛。我蠢蠢欲动，只是心有余而力不足。在我看来那小巧玲珑、千姿百态的粽子比狮身人面像之谜还要令人费解。天无绝人之路，恰好有个热心朋友，夸口说他包肉粽的水平绝对胜过五芳斋，拍胸脯承包。我正中下怀。我根据他写的定单，去买了上好的糯米、腿肉、箬壳，待准备妥当，约好日期，偏偏我因公出差，只能有劳家里的那位了。两天后我回家，生米已成熟饭，丈夫献宝似的端出粽子。

我兴致勃勃地做现成的“饕佬”，坐下就吃，只觉得干巴巴的索然无味。我先是疑心丈夫偷懒，烧煮的火候未到。可他指天发誓，说是特地借了一只大铝锅，又是旺火又是文火的，其间还加了四次水，折腾了24小时。有人证物证，无懈可击。我只能归咎于那个古道热肠的朋友了。心想他的“五芳斋”水平原来不过尔尔。

后来我看到久置不用的蒸架不知何时冒了出来，一问才真相大白。原来丈夫是用了隔水蒸法，把粽子当成肉包子蒸了。

遭此两劫，我痛定思痛，才下了司厨的决心。并和丈夫约法三章：他主外，我主内，凡外出购买之事，概由他一人包揽，而厨房的事务，连同清洁环境的重担，则落在我肩上了。那年头，啥都是凭票供应、排队购买，丈夫有幸成了“票友”。我因为看见排队有头晕过敏症，也暗自庆幸自己没有“下海玩票”。两个人都各得其所，互不干扰。不料这样的分工为日后种下了祸根。一是他老在外面跑，“提篮小买”，俨然一个活广告，仿佛家里的活全是他一个人干了，是个模范丈夫，还真有女人羡慕不已；二是他长年采办，上至家用电器，下至油盐酱醋，于不知不觉之中独揽了经济大权，日积月累，每次我花钱都要被他嘀咕，为此受了不少罪。此是后话。

自分工后，我便安心从事喂饲一家三口的工作。一开始我雄心勃勃，尤其是听了一位挚友传教：吃的层次，标志着小家庭的文化层次。我便越发将“吃”奉若至尊了。我买了各色菜谱，也从不放过报纸杂志的治家栏目。胡椒几克，料酒几克，水淀粉几克，香油几克，烹调之前我总要喃喃猛背，犹如考前恶补。无奈家里不是衡器铺、实验室，没有天平秤、量杯什么的，每每下厨面对经典菜谱，就有一种无从下手的狼狈感。这真是读书越多越糊涂。好在淡了放盐、咸了放水的常识还有。烧一只菜，揭十来回锅，边烧边尝，两三斤肉红烧后起锅，常常只剩半碗了，由此顿悟厨师历来都肥的道理。如此这般，几番操练下来，也居然循序渐进，颇有长进，于是邀了父母兄姐七大姨八大姑十来号人，大举家宴，意欲一显身手。

三天前就紧锣密鼓地开始筹备了。先是丈夫忙着采办，根据市场信息不断修正菜谱。家宴那日，我早早地就开始摆摊，派菜装盘，红红绿绿的，像搞盆景展销。待到客人到齐，怕父母兄姐笑我，我把自己锁在厨房里，只许跑堂（丈夫）一人出入。第一只炒菜反应平平；第二只炒菜丈夫端了刚开步要走，我一拍脑袋突然想起忘了放盐，急急大喝一声：站住！丈夫给吓得一哆嗦，差点摔了盆子，又不敢声张，两个人躲在厨房里互相埋怨，又误了炒菜，兄姐以为我馋嘴的旧病复发，顾了自己忘了客人。

那日客人对我的评价是口味尚可，只是刀功实在不敢恭维，什么都是“块”：炒肉“块”、拌萝卜“块”，等等。我不好意思说我切菜切掉了半个指甲，差点儿“放血”呢。一朝被蛇咬，三年怕井绳，从那以后我的刀功就没怎么长进过。

因为我勤奋努力，谦虚好学，我的烹调手艺日新月异。丈夫也乐得袖手旁观。一个睽违多年的朋友上门，尝了我的手艺，惊问我师从哪位名厨，赞不绝口，乐得我鼓足干劲，越发努力。

自我感觉良好，无异于作茧自缚。倘我出差在外，要不了三天，不是儿子来函求救，就是自己卷铺盖“胜利大逃亡”。牵肠挂肚的还是家里的厨事，也烦恼过也扔过锅铲说不干了，完了还是坚守岗位自作自受。

没准我真是做厨娘的命。那位算命先生排错了八字看花了眼。

走过银行

小时候父亲薪水很低，家里兄弟姐妹又多，按照母亲的说法是：书包就有五六个，所以常常是寅吃卯粮。记忆中母亲数着指头等父亲领工资的情景至今难忘。银行是一个离我们很远的世界。

工作的时候，正好是“36元万岁”的时期，钱不多，要贴补母亲家用，还要添些衣服维持一个女孩的虚荣，对银行也就敬而远之了。结婚以后，嫌两人的工资不高，还嫌烦，而且老公不抽烟不喝酒，不随便花钱，我就把家庭理财的权一古脑儿推给了他。

习惯成自然，我渐渐地失去了对家庭“财政”的发言权。工资划到银行里以后，爱人揣着我的工资卡，更是大权独揽了。期间有过几次“造反”，我把家里的存款单和工资卡抢过来，想要尝尝跑银行的滋味，又怕不懂规矩被人笑话，一次次咨询爱人，被他嘲笑说，你有福不会享，又叹苦经说，他这是“阿王炒年糕，吃力不讨好”。在他的花言巧语下，我乖乖地把“篡夺”的权利又拱手送回。后来开始写文章，有了稿费，顺理成章，也是爱人“阿王炒年糕”，跑邮局，跑银行，翻来覆去的，大部分稿费自然是“炒”到了他所谓的“国库”里。

改革开放至今，眼看着工资单上的数字上升到三位数、四位数，后来索性发银行卡了，据说在银行把磁卡往机器上一刷，薪水就哗哗地流到了手里。只是我的银行卡和以前的工资单一样依旧在老公的手里。

心里慢慢地不平衡起来。不平衡是因为家庭“财政”和“36 元万岁”那阵子相比，显得“庞大”起来，“权欲熏心”，我蓄意夺回我的那张磁卡。先是对老公发牢骚，然后又阐述我的新理论，说时代不一样了，家庭“财政”

的管理方法也该“改革改革”了，又仗着自己有一点稿费收入，主动提出实行AA制，在我的“软硬兼施”之下，老公居然交出了我的银行卡。喜出望外之际，我揣了银行卡就往银行跑。

谁知第一回就出了洋相。我的住处附近工商银行和中国银行两个门面是紧紧连在一起的，我忘乎所以一头栽进了中国银行。看着一个小姐在自动柜员机前离去后，我在那里琢磨了半天，就是不知道怎么把我的浦江卡塞进去，后来问了旁人，方知我走错了门。我这银行卡，是工商银行的。那时候各个系统的银行还未联网，老死不相往来。怕被人当我是贼，我三步并作两步逃也似的出了中国银行，又抖擞精神转身进了工商银行。

没想到我在工商银行又被“卡”住了：银行卡在磁卡入口处无动于衷，机器没有反应。情急之下，我打电话搬救兵找来老公，老公来看了一看，哑然失笑，原来那天银行停电，自动取款机没打开。老公大笑之余，说你这是自找麻烦，还是省省吧，说着就要来夺我手中的磁卡。我的觉悟还是可以的，我说这是我们家改革开放的成果，我不能放弃。老公无奈之余只得带我上另一家工商银行，在他手把手的帮助下我完成了一次刷卡。也就是说我和银行有了第一次的关系。拿着机器吐出来的百元大钞，心里竟有一种奇妙的惊诧和快感。

后来我和银行的关系可密切了，我在银行刷卡、买国债、存款、取款，应付自如。我管理自己的“财政”，感到其乐无穷。不过再后来，怕烦的积习难改，我最后还是放弃了“财权”，一心一意遨游在我的文学世界中，但是银行对我已经不再陌生不再遥远了。我每每走过银行门口我就会不由地对它注目，我清楚地知道它联系着我的生活我的家。

眼　镜

很小的时候便对眼镜没什么好感，觉着一个女孩子戴了它，就失去了一切的秀气和美丽了。

偏巧是个近视眼，又不肯戴眼镜。做学生时竟能忍受很多的不便，诸如老往黑板前凑，或者是借抄同学的笔记，不厌其烦。

工作以后，勉勉强强地配了副眼镜，可十七八岁正是最要漂亮的时候，那眼镜竟始终没勇气戴上亮相，只是在买东西、看电影、寻路看门牌等等非要看个一清二楚时才戴上，须臾就脱下。久而久之，我成了一个“带”

那时候外出不戴眼镜

眼镜的人。

和熟人“对面相逢不相识”，和陌生人又有“一见如故”喜悦，这样的尴尬时有发生。不过，有时候大老远的也能认出人来，这完全是跟着感觉走了，根据对方走路的姿态或者某种说不清的气息、氛围，揣摩着就认出他（她）了。

身边也不乏“带”眼镜的女友。“眼镜带了没有?”成了大家心领神会的行话，出门前总要相互关照。大伙儿逛商店，忽而一起戴眼镜成为“四眼”，忽而又一起还原，这情景现在想来还哑然失笑。

有时候外出开会，隔着长长的会议桌，有人朝我微笑招呼，竟不知笑者为谁，又不敢贸然还礼，只得小声问旁边的熟人，而后才回以迟到的笑意。也有张冠李戴失误的时候。有时候一些朋友因为我对他遥寄注目礼而洋洋自得，其实他在我的视线中只是一片模糊，我努力辨认也无法确认他是谁。

因为来不及辨认而失礼，于是就有了误会，就因此而失去过朋友。

日积月累，老是凑在灯光下看书写字，脑袋离桌面越来越近，眼前的世界却越来越模糊。渐渐的颈椎、肩周都娇贵起来，总是酸痛、乏力、弱不胜支。我害怕颈骨会不会折断。

痛定思痛，我终于考虑“戴”眼镜的事。先是想到隐形眼镜，无可讳言，它是爱美的女士率先考虑的“宠物”，正当我兴致勃勃跃跃欲试之时，一则电视新闻又使我幡然醒悟，那电视新闻列举了几个戴隐形眼镜终至失明的病例，我望而却步。

新潮不成，就花钱配了副金丝边眼镜，说不上喜欢，也说不上不喜欢，只是羞答答的，戴了又卸，卸了又戴，乐此不疲，或者说是苦不堪言。

写作的时候，偶尔的，在灯光下抬起头，撞着了先生的目光，他会嘲讽地说，咦，戴着眼镜文气多了。

有一天，念初中的儿子让我检查他的作业，我忙不迭地找眼镜戴上，小伙子大惑不解地看着我，他说，“妈妈，你又不是小姑娘，你为什么怕戴眼镜？”

一句话犹如重锤。禅宗讲的是顿悟。多少年的烦恼苦楚，因为眼镜的困惑，全在这一句问话里消融。

我戴上了眼镜，大方、豁达、洞悉人生。

这年我刚四十岁，刚迈进了中年的门槛。我觉着人生四十尚有可为。

母子购书记

前两天我托人给远在国外的儿子带去了一套湖南美术出版社的《实验艺术丛书》，是儿子指名要的。这套书我也是头一次听说，翻了一下出版说明，这套丛书着眼于20世纪以来世界艺术存在中的探索、实验和革新精神，为中国当代艺术者提供文本参考和理论研究的机会。我留心看了一下其中的《与实验艺术家的谈话》，有一条小标题让我吓了一跳，并促使我耐心地浏览下去：你必须使你的头脑先枯竭……我已经习惯了从儿子的阅读趣味中汲取营养。每每这个时候我就会想起多年前和儿子的一次次购书经历。

那年，儿子15岁，不大不小的，还有点孩子气，求知欲望空前膨胀，常常跟着我逛书店，无可否认这时候他的阅读兴趣更多的是受我的影响。只是得陇望蜀，少于节制。因此每每和儿子逛书店，我都紧张地捂住并不丰满的口袋。儿子挺幽默，他说："妈妈，你怕小偷哇！"我说："不，我怕你！"

有一次，我替儿子买了本蔡志忠的漫画《老子说》，本意是让他接触一点儿中国传统文化，没想到却捅了个大娄子，这小子一下子成了蔡志忠迷，见一本就买一本，《庄子说》、《禅说》……没多久书架上已是滴溜溜一长排的蔡志忠了。麻烦事接二连三，他由此及彼，又觅上了庄子的书。一套台湾版的《庄子今注今译》，他捧在手里望了我很久。我跟他讨价还价说，"去饭馆吃饭的事儿就拉倒了？"那天是星期天，手里已经买了近百元的书了，说好逛了书店上饭馆，潇洒一回。可眼前这套庄子颇具诱惑。儿子咂咂嘴，生死关头似的，最后大义凛然地说："好吧！"

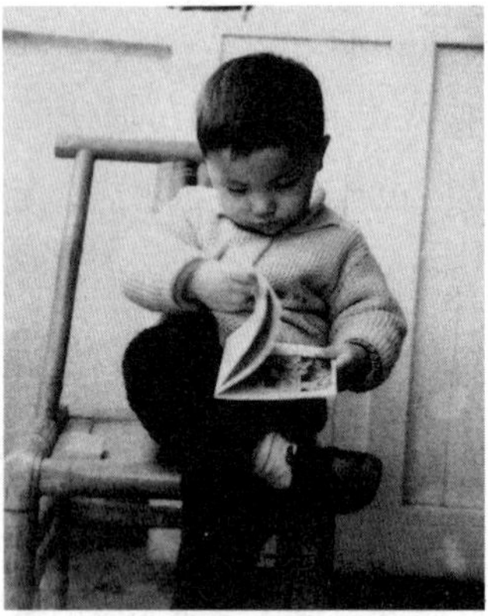

儿子从小喜欢看书

就这样满足了书袋，怠慢了饭袋。那天中午，是在一家大排档吃的福建云吞，虽然吃得眉飞色舞，终究因为没有“潇洒”过，成为一憾。

就这么着，因为一本《老子说》，引出一个无底洞，你说我怕不怕？

还有一次出门，儿子揣了一只那时流行的带鱼包，这包看着不起眼，打开来却能放很多东西，我见了不免心里发怵。他老爸在一边敲边鼓说，小心。我们在文化街福州路，先是“看”了美术书店，“看”，是儿子的用语，他知道这里的书价格昂贵，别说我不敢问津，他也难以启齿。我们权当是看画展。尽管如此还是心瘾复发买了本马蒂斯画册，香港出的，200多页，上下两本毕加索画册，也是香港出的，均印刷精美，画面逼真。至今这些书还骄傲地立在我的书柜里，很受画家朋友的羡慕。

那天在福州路外文书店和上海旧书店，儿子高高兴兴地忙乎了好一阵子。他美其名曰买学习参考书，多多益善，我只能任其所为。待到付款，我才发现一本日本的动画书《圣斗士星矢》偷偷混迹其中，那阵子电视荧屏上老是回响着圣斗士的台词：“燃烧吧，小宇宙！”可以说是孩子的最爱。我和大多数中国父母一样，对外来的动漫画存有偏见。只是想到儿子此举也是煞费苦心，才宽宏大度睁一只眼，闭一只眼了。儿子窃喜自以为得计。看着儿子童心焕发的笑脸，我暗暗好笑。没想到此举却开了我对现代动漫画的客观了解，知道它的绘画语言其实借鉴了很多影视的表现手法，奇、新、特，是全世界儿童的盛宴。比如一个转脸的动作，漫画家用慢镜头特写手法，好几个定格画面来表示：全侧脸一半侧脸一半正脸，当然还有眼球的变化，这样不需要加以任何文字说明就能知道主人公在想什么。听说现在有些第六代电影导演当年都是动漫画迷呢。动漫画是他们最早接触到的电影语言。

后来我们又拐进古籍书店，说好了只看不买了，到头来又口是心非，大肆掳掠了一番。不过还真的淘到了便宜货，一本《诗人玉屑》。当时儿子说买，我却觉得可有可无，怕掏钱。犹豫之间两人不约而同翻看书价。不看不知道，一看吓一跳，此书便宜得令人匪夷所思，只有八毛钱。两人都怀疑看错了，300多页，时价少说也要5元吧。再细看，原来是八年前出的书。记得当时兴奋的心情犹如天上掉下了馅饼。

那天如此节俭吝啬，竟也花去了一二百元。在当年，这也是一次不小的购书行动了。和儿子捧着沉甸甸的带鱼包，心也是沉甸甸的，回去如何向他老爸交账？就这样，一而再，再而三，总免不了涉足书店。

随着儿子年龄的增长，他开始独自逛书店，并推荐他认为的好书给我，比如尼葛洛庞帝的《数字化生存》，比如村上春树的《挪威的森林》，比如经典漫画《东京爱情故事》，我从他那里触摸到青春的呼吸，增进对世界的了解，回想当年的涉足书店，也算是一分耕耘一分收获吧？

电　话

当电话普及的时候，人们似乎并不在乎怎样打电话。

常常接到这样的电话：是某某吗？猜猜我是谁？猜一猜！嗳呀，你现在架子大了，不得了了，连我都猜不出了！你日子好过呀，当然想不起人家来了。你听不出我的声音呀？真的听不出？再想想看。这么老的朋友都想不起来了，你忙呀，我这种人怎么会在你脑子里呢？

我茫然。在对方的启发下我觉着那声音似曾相识，可我委实想不起来对方是谁，况且我实在没有雅兴没有时间做猜谜游戏。我耐着性子一遍遍地问你是谁？可对方就是拐弯抹角不肯开门见山，那缠磨的本事简直令人发疯。待到谜底揭开，即便是最好的朋友，我也失去了通话的欲望。

也有这样的电话，一开口就说你是某人呀，我打了好几次电话，总算找到了！然后对方就洋洋洒洒地说开了。他（她）根本就不通名报姓，似乎他（她）有绝对的把握，你能听出他（她）不同寻常的身份。

我糊涂。我根本没心思听他（她）说什么，我只是费劲儿地寻思，对方是谁？老同学、老同事、老邻居、老朋友？抑或是新同事、新朋友……天哪，城市为人们提供了无数一面之缘，你如何在瞬间分辨出一个并不熟悉的声音，他（她）是谁？有一次忍不住开口问了，立即招来对方的不快：老半天你还没听出我哇！大有兴师动众问罪之意。

至于在清晨、傍晚家事最忙的时候，晚上看电视新闻的半小时，现场直播球赛的紧张时刻，那种执拗的电话铃声（未必有急事）也常常令人心惊。

为什么我们就不能直截了当开门见山地说，我是谁，再礼貌地问一下对方是不是在会客，或是有家事缠身，然后再叙情话旧，谈家常、谈工作，或者就识大体地搁下电话，说一声：有空请来电？

为什么我们知道该在什么时候访客串门，而打起电话来却一点也不顾及礼仪？还有那种有备而来的马拉松电话，对方也许泡好了茶，假如天寒没准还泊在热被窝里。他（她）想海阔天空纵横捭阖。如果这是一场事先约定或者期望中的“电话聚会”，自然不失为一桩快事。如若相反，便常常是一方无暇舍命陪君子，另一方则索然无味大为扫兴。

现在有饮食文化、旅游文化，我们是不是该来点电话文化？诸如礼貌用语、交际礼仪，从自己做起，并告诉每一个孩子。

网上轶事

说起来似乎有些惭愧，几年前在儿子手把手的训练下，学会上网，在同龄人中也算是风光了一阵，可惜时至今日，依旧是菜鸟一个，始终停留在初级阶段，看看新闻，发发电子邮件，仅此而已。不敢妄称自己是网虫。

同道中也有不少和鄙人性情相通的：平时上网总是看完新闻就匆匆下来走人，理由是忙，忙。其实耗不起时间是假，耗不起金钱是真。

记得最初在上海热线注册上网，电话费加信息费，一个小时要块把洋钿。每当儿子在网上流连忘返，他老爸皱着眉头看表的时候，我就两头来回跑，全挑好话说。对儿子说："小子，老头子在看手表，测你的上网时间呢！"对他爸说："网上全是英语，小赤佬的外语水平突飞猛进了！"儿子也会拍马屁，知道老爸喜欢影碟，就极力推销一些五颜六色的影视网站想拖老爸下水，可老爸头脑清醒立场坚定地说，我有报纸杂志！

最近一位朋友添置了台奔腾级的电脑，我积极鼓动他上网，大肆宣传电子邮件的好处，当然是它的免费功能罗。朋友是个算术很好的上海男人，立即办了上网手续，有了 E-mail 地址，但是他无论如何也没办法上网。我问他有没有安装浏览器，他说不知道。无奈之下，我只得出卖了我的儿子。我儿子在大学里玩了四年的电脑，以后又在电脑公司当了两年的美术设计，俨然一个高手，按照他自己的说法是世界上所有的电脑软件他都能应付自如。

母命难违，小伙子在拖延了几乎一个月后终于上门为人民服务了，又是安装软件，又是现场指导，那天朋友恶补了整整一天。晚饭后我和朋友通了一个电话，万万想不到，我儿子还在，而且居然是在吃晚饭！朋友说他已经收藏了十来个精彩的网址，没想到网上的世界如此奇妙！他实在舍不得放小伙子走，还想和小伙子谈谈关于电脑黑客。简直是一步登天了！我心里有一点酸酸的。

两天后又接到朋友的电话，说他的电子信箱爆满了，全是垃圾邮件；网络连接不知何故也失效了。“怎么办？电脑会不会也坏脱，失效？”朋友在电话里忧心忡忡地问了一个比菜鸟更菜鸟的问题。这次轮到我笑了。

有一次和一位年轻朋友谈网络。他说他们办公室主任是位中年女性，最近学会了上网，热衷于在聊天室消磨时间，把自己扮酷扮靓，自称是位迷途少女，交了不少网友。朋友说只要听到主任在办公室哈哈的大笑声，就知道准是主任在网上。我听了心想，这倒是一个消愁解闷的好办法，于是也如法炮制玩了一把，果然有趣。

看到有新玩艺儿，心里也痒痒的，比如网上传呼（ICQ）。也听到一些关于ICQ的趣闻。说是有家电脑公司的众多帅哥，暗地里传递着一位漂亮女孩的ICQ号码，以和这女孩聊天为荣，在网上传呼忙得不亦乐乎，谁若有进展就沾沾自喜地炫耀，甚至还有为此吃醋的。戏曰：“集体泡妞”。只是谁也不知道谁的尊容，不识庐山真面目。

有一次上网，糊里糊涂地打开了儿子装载在我电脑上的ICQ，看到一些没头没脑的谈话，也有人不断点击我的ICQ，我不知如何回答是好。正在犯愁，这时候家里的电话铃声猛地大振，是儿子打进来的。儿子借住在市区的另一角，此时他也正在网上。他气急败坏地说：“老妈，你快把ICQ关掉，我上不去了！”哈哈，原来我把儿子的道路给占了！由此我也略知一二，原来ICQ和聊天室差不离，只是更直接更私人。有一次因要事和儿子联系，电话打不进，猜想他在网上，偏巧我又记不住他的ICQ号码，情急之中就打电话给儿子的好友，请他帮忙，最后总算在网上呼到了儿子。这是我对网上传呼的一次操练，浅尝辄止。

后来我忙着家庭装修，对家居和建材网站有了兴趣，经过搜索，居然找到很多关于家装的网址，图文并茂，非常精彩。有些还是非常私人的家庭网页，从卫生间、厨房一直到卧室，每一个角落都作了详细介绍，配有图片，大白于天下。我和丈夫看了就评头品足，议论一番。不知道这些先生、太太的耳朵根是否发热。我注意到一些非常有品位的中外人士，介绍他们家装风格的文字洋洋洒洒，配照却是非常吝啬，卧室更是纹丝不漏。人的性情和素养由此可见一斑。最大方的是那些房产网站，样板房不仅配有详细精致的图片，还有三维动画、语音介绍，很有一些不请君入瓮誓不罢休的豪气：腰包鼓鼓的成功人士，请!

最实惠的是那些关于家装施工的经验介绍，我在网上广为搜罗，竟然打印了厚厚一叠，装订成册，俨然一本非常专业的家具装潢验收须知，朋友们纷纷拷贝了去监督家装施工队，据说搞得一些施工人员非常头疼。

最痛的是一天在网上看早新闻，打开网站的时候，有一个聊天室附件似的出现在该新闻版上。我随便浏览了一下，发现是个股民聊天室，那些自称是007、大虾的网民们议论纷纷，对某股票群起而攻之，咒它是烂股、垃圾股。偏巧我手里焐了不少这股票，本来以为是香饽饽靠它将来翻番养老的，没想到焐了一个臭鸭蛋。这天我心惊肉跳，烦躁不安，待到开盘时就赶紧扔烫山芋似的割肉抛了。可惜没等到我老，第二天这股票就封了涨停板!

也有开心的时候，比如在网上查找资料。家里的藏书不可能是万宝全书，网上却是什么都有。有一次因写作需要，我到处查找某上海老宾馆的资料，翻了很多书籍，最后还是在网上搜索找到的。当时那种心情真是很难描绘，比写了篇得意的文章还要兴奋。

网事和生活中发生的一切相同，寻常而耐人寻味。

健身趣忆

我这个人比较好奇，喜欢新鲜的东西。回想自己许多年里的健身方法，晨跑、洗冷水澡、打太极拳、跳三十六步、练健美、做练功十八法……似乎是十八般武艺都学了。年轻的时候因为有力气，清晨即起外出跑步，跑步后还得做家务，管幼小的儿子吃早餐，送他去幼儿园，然后是匆匆骑车赶到单位上班。日复一日。现在回想起来还觉得不可思议，哪里来那么多的精力？

有一年我从夏天开始洗冷水澡，一直坚持到次年的严冬，后来是因为楼里断了两天水，也就此断了我洗冷水澡的热情。但是我至今都难忘每天跑步后，用毛巾擦干身子，洗冷水时的酣畅和惊醒。时至今日我还比较耐寒，大概是那时打下的基础吧。

“健身”这个说法也是以后才普遍的，早先的说法是“锻炼身体”。我因为天天跑步，认识了一些“锻炼身体”的朋友，大多是一些退休工人、老教师。其中有一位老干部，以前是某区卫生局的局长，退休后因为酷爱太极拳，组织成立了太极拳协会。在他的热情鼓动下，我买了一张公园月票，师从他打起了太极拳。在当时的婆婆妈妈堆里，我学得算是比较流畅和自然的，从老师让我单独示范的举措里就可以知道我的水平足以过关了。每天两遍慢慢悠悠的太极拳，“上天揽月、海底捞针”的一招一式，对于性子急躁的我似乎更是一种磨砺。后来我参加作家协会的笔会，在外地住了半个月，和老师失去了联系，学得不错的太极拳也就此荒废了。其中原因不乏偷懒的念头，现在想来却觉得可惜。认识的那些老人里，有的曾经出身当地的名门大户，有过风流倜傥的往昔，有的因为复杂的政治原因经历了妻离子散的人生，更多的是普普通通少不了家长里短、唠唠叨叨的抱怨……这些各色人等在以后的日子里充实了我文学的想象，有些甚至进入了我的笔端，成为我小说世界里的人物。

每每在家里坐了一段日子，我就会静极思动，其间我又和朋友一起学过健美操，仰卧起坐、展臂伸腰，每次都是练得气喘吁吁，以至于每次都是看着钟表，但愿时间飞逝、脱离苦海，终因它太复杂、太辛苦而坚持不下，心想何必折磨自己、自讨苦吃呢？而且因为各种条件的限制，健美操只能在室内进行，有时候在家里做，远离自然的空间，远离人群，没有鼓励的眼光和家长里短的倾诉，我觉得这样的健身太单一，失去了很多外在的乐趣。我不由怀念起以前在公园里打太极拳时的宁静、平和，还有老师优雅的拳式。

因为开会、因为偷懒这样的理由，我荒废了“学业”，自然无颜见江东父老，以后每每看见有人打太极拳，我就离得远远的，心里有一种失落。只是“锻炼身体”的念头始终不曾打消，后来偶尔在居家附近发现了一群锻炼身体的退休女工，她们每天早上要做的功课令我吃惊：十八法、新十八法、三十六步、木兰操、剑舞……一个循环做下来的时间是一小时三刻钟。在她们的盛情邀请下，我加入了她们的队伍，但是我只做前面几项，时间在半小时左右，出点微汗，然后回家洗个澡，神清气爽地坐在电脑前开始写作，感觉很好。

近来看到报上说，这样不断地变换形式的锻炼，反而于身体有利，看了以后我便自我欣赏一番，身材尚可、不怕走路、很少感冒……于是又想，下一次的形式又该是什么呢？跑楼梯？跳绳？梳头？有氧操？瑜珈？人类为了自身的健康，有多少智慧就有多少创造！

新年的飞碟

1999年的岁末，上海的天空已经出现了两次不明飞行物。在众说纷纭的时候，我想起两年前的一个岁末，我也曾经目睹过飞碟。那晚我从市区赶往郊区的家中，坐的是一辆夏利出租。开车的女司机年轻而热情，只是路不熟。

一路上我帮着女司机窥探方向，辨别路牌，大约是晚上10点的时候，我们顺利驶上了通往市郊的高速公路，开始放松地聊起了家常。她说她原来在一家轻工企业工作，因为效益不好才跳槽学了开车，现在和一个男同事搭档合开一辆车。“我不敢做夜班，不安全，老是惶惶不可终日。可轮着了也没办法，要赚钱，要过日子，就硬着头皮呗。”女司机操着方向盘，随口聊着抱怨着，平静的脸庞带着疲乏的笑意。她显然已经麻木了这样的抱怨。我暗暗感慨，真实的生活有时候是一把割肉的钝刀，它慢慢地使人坚强使人失去痛感。

就在这时候，女司机忽然惊叫起来：“飞碟!”我茫然四顾。

女司机再次尖叫并且雀跃：“飞碟!”她伸手指着右前方示意。眼力不好的我凝聚了远视的功能努力搜索。

我看见了。一个奇怪的飞行物，仿佛倒扣的铁锅，通体透亮，在右前方缓缓前行。我看见过夜行的飞机，我确信这不是飞机，这是飞碟，和杂志上的飞碟照片一模一样！我惊呆了。

女司机兴奋地拍着方向盘，她说她这辈子没相信过飞碟，她的邻居，一个正在读中学的男孩是飞碟迷，也说曾经目睹过飞碟，但是没有任何人相信过他的话。

“我待会回家，我要告诉我男人！他肯定不会相信。

怎么可能呢，竟然真有飞碟！我明年一定会交好运了！”年轻的女司机一遍遍地说着。她边说边笑，她不再说赚钱和过日子的话，她所有敏感的神经此时在飞碟的光芒中苏醒和开放。

我从来没有相信过飞碟。我曾经告诫我的儿子，所有关于目睹飞碟的奇遇都是科幻小说家杜撰出来的。它是人类的想象。

我锲而不舍地注目着飞碟，它在夜空中的美丽的光亮使我迷惑和激动。夜空中，它那么遥远那么奇异，仿佛电脑网络中的生命，充满神秘和虚幻，它是现实的梦境。它蕴涵的意义也许不是地球上的智慧能够破译的。

我目送着飞碟直至消失。我这个人一直活得很累，我正想潇洒走一回，试试不负责任的人生，比如离家出走独行天下，抑或飞碟真是一个预兆？

我后来把那夜的遭遇飞碟，告诉我的20岁的儿子。儿子心不在焉地笑笑说，噢，飞碟。然后就躲开了我，去忙乎他自己的事了。

“你不相信？”我绝望地追着问。

“相信，相信。”儿子奇怪地顿了一会，又说，“我读初中的时候最迷飞碟了，我现在觉得那时候的我十分可笑。”那时，儿子订阅《飞碟探索》，确实着迷。

我听懂了儿子的意思。他巧妙地指责我曾经扼杀了他对飞碟的热情。我想起那个女司机说的，邻居男孩的故事，他目睹过飞碟，但是没有任何人相信过这个男孩。我沉默了。从此我不再对任何人说飞碟的故事，我知道不会有人相信，一如曾经的我。

也许最平淡的日子才是最真实的。我后来放弃了我的独行天涯的打算，依旧过我的很累的日子，一点一点地积聚起平凡和漫长的岁月。我知道生命会在这样的岁月里慢慢坚强慢慢失去痛感。我只是祈愿那个女司机在新的一年里，能够如愿以偿改变自己的命运。

在这新的一年岁末，忽然也有人对我说起飞碟，我只是沉吟只是笑笑说，什么，飞碟？我有一点点深刻的触动。就像那个冬夜，我和女司机，我们曾经惊诧过、单纯过、敏感过，心灵曾经从琐碎而具体的生活中脱颖而出，和飞碟一起遨游美妙的星空。

师友情长

文苑长留百合香

1991 年的一个很晴朗的秋日，我坐在茹志鹃老师的家里，坐在那只临窗的旧沙发上。沙发紧挨着老师的书桌，沙发前面是卧床，再过去，靠墙是一排书橱。正面墙上挂着赖少其先生的书法：煮字。一个很普通的房间，很普通的家。平凡的空间散发出一种潜心入定的温雅气息。与此相应的是茹老师的坦然和平常。她热情地提到我的小说《厂医梅芳》，它发表在当年六月号的《上海文学》上。于是，我从厂医梅芳，谈到工厂的姐妹们，谈她们平凡而努力的生活。在文学的高尚殿堂里，已经很少有人说、也很少有人听关于工厂的一切，但是茹老师认真地听了，然后指点我："好，好，你要写下去，千万不要停，要有第二部、第三部《厂医梅芳》……"

这样的指点对于茹志鹃，显然是一种经验，她在我的叙说里一定发现了什么。而对于我，确确实实是一种启悟。我顿时明白我多年的工厂生活，在我生命中的真实意义。我当初写《厂医梅芳》，是有感而发。在那个秋日里，在茹老师的指点里，我终于意识到我挖掘到的其实是一口深井。由此，后来又有了《欲望的舞蹈》、《梦中锦帆》等等。

茹志鹃为《欲望的舞蹈》写序

两年后，我把这些小说结集成一本薄薄的小书，又是茹老师亲自为它写序，并且让儿媳妇冯平誊写得方方正正地寄给我。不久，在一次会议上，是在上海的衡山饭店，我遇到安忆。提到茹志鹃为我作的序，安忆对我说："妈妈年纪大了，精力不足了，你蛮好叫我写的。"后来安忆果然为这本小书写了一篇长达六千多字的评论：《告别青春的回忆》。相比之下，茹老师的序写得亲切诚恳，字里行间洋溢着对我本人处境的关注和扶持；而安忆的评论则写得逻辑严密，她在我小说的世界里看到了在机器流水线上的真实人生，那种痛彻心扉的生命流逝的过程。

在纪念茅盾先生逝世的日子里，我读到了茹老师写的悼念文章，她深情地回忆起1958年，她几经退稿、终于发表在《延河》上的《百合花》，以其清新、俊逸的独特风格赢得了茅盾先生的激赏和推荐，继而在《人民文学》转载。《百合花》不仅成为茹志鹃的成名作，并在某种意义上保护了他们全家。当时茹老师的爱人王啸平先生在1957年的大风大浪中不幸"落水"，茹老师一家的处境可想而知。读到这里，我明白了茹老师对我处境的关注，那是一代一代作家的搀扶、鼓励和相濡以沫呀。

在那个难忘的秋日里，茹老师还兴致勃勃地找出旧日的照片，一个脑后挽着发髻、姿态优雅容貌美丽的女子坐在藤椅上，额前一撮长长的刘海，是个很典型的旧式家庭的女子。“这是我母亲。”茹老师和我一起细细端详着照片，述说着母亲温柔而刚强的不幸人生。茹老师三岁丧母，父亲继而弃家出走，兄妹五人只得风流星散，寄人篱下。排行老五的茹志鹃跟着祖母辗转于上海、杭州两地，依靠糊火柴匣子、锁纽扣洞、洗衣服等手工活苦度时光。也许只有依赖照片，茹老师才能依稀辨认和记忆母爱。巨大的家庭变故、母亲和祖母的形象深深写进了她的人生。在很久以后的文学创作中，茹志鹃作品中的人物，“女性胜于男性”（茅盾先生语），也许和她童年的痛苦遭遇不无关系。祖母亡故后，13岁的茹志鹃和长她两岁的四哥一度相依为命，在杭州紫阳山下，仅仅读过一年小学又停学的她，拾着柴禾，读着借来的《红楼梦》，一遍、两遍、三遍，直至九遍，在半懂不懂、如痴如醉的阅读和背诵中，茹志鹃送走了艰辛愁苦的少年时光，而“红楼”的汩汩潜流悄悄滋润、养育了茹志鹃文学的心灵。

离开紫阳山以后，茹志鹃沦落在上海孤儿院，以后又住读过上海妇女补习学校，寄宿过教会女子中学，又在浙江武康县中学读了初三，颠沛流离，前前后后总共读了四年书。同时她也阅尽人间这部大书和旧上海的五方杂处世态炎凉。

1943 年，18 岁的茹志鹃跟随长兄参加了新四军，从这以后，茹志鹃开始了她崭新的人生。在部队，在文工团，茹志鹃演戏、唱歌、跳舞。在通宵行军的间隙，就着月光，垫着背包，茹志鹃写下了歌词、快板、广场秧歌剧。合着行军的节奏，不知不觉地，她走近文学，走近《百合花》。联想到紫阳山下捧读《红楼梦》的贫苦少女，我们在《百合花》圣洁的芳香里嗅到了那种淡淡的苦涩，它浸淫着对人生的美好向往。

有一年上海女作家集体签名售书，出版社唯恐难以名副其实，七十有余的茹志鹃解人之难也赶到书店。我们挤在新华书店的办公室里休息，她把我拉到身边，孩子气地凑着我的耳朵："我要对你说两句悄悄话，你那个工厂啊，千万不能放，那里有你自己的东西。有些人写的是工，你写的是人，你要坚持。"我心里顿时腾起一股热流。茹志鹃当年正是继《百合花》以后，连续推出了《高高的白杨树》、《如愿》、《静静的产院》、《三走严庄》等一系列优秀小说，"文革"结束以后，又梅开二度，写出了《剪辑错了的故事》、《草原上的小路》、《儿女情》、《家务事》、《着暖色的雪地》等力作。《剪辑错了的故事》被认为是中国大陆小说在技巧上的突破，《草原上的小路》则是茹志鹃在全国第一次得奖的作品。茹老师不懈的努力正是对我最好的鞭策。

茹志鹃 66 岁的生日是在河南开封过的，那是《上海文学》的一次笔会。茹志鹃所在的部队解放开封的时候，她是战火中的一名年轻战士。她特地在当年居住过的旅馆留了影。看着她淡淡悠悠的笑容，我想也许在这样的旧居里，有过她创作《百合花》的灵感？笔会的十天里，我和茹志鹃住在一个房间里，我们朝夕相处，我就是在那个时候听她说过去的故事的。在简单的生日庆典上，她欢喜地接受了大家近乎于吝啬的礼物：一只质朴的景泰蓝手镯。她祝愿我们66岁的时候也有这样开心的时刻。经历过种种人生坎坷、战争的劫难和光荣，也经历过文坛的风风雨雨，66岁的茹志鹃已经寻找到一种平和的心境。我想这也许是这次寻觅旧地的全部意义吧？在后来的日子里，我常常在她的手腕上看到这只手镯，她看重的显然是后辈们的心意。

作者和茹志鹃在河南开封

一年又一年，我发现老年的茹志鹃仿佛久经坎坷的山泉，越益单纯清澈。一套上海女作家文丛，因为很复杂的原因，有一部分稿费无着落，鉴于茹志鹃的名望，我们叫一声茹老师，就把这“世界性”的难题拜托给她。老人家没办法，又是打电话，又是签名售书，谁知还没等到结果，她就打起了退堂鼓。她息事宁人地说："书出得很漂亮。因此稿费的事，我本人想算了。"她质朴、天真，和这物欲横流的世界离得很远。在河南的时候她也发放名片，那样子就像抓糖果，她知道我们在笑话她，她也笑。她说我不习惯呀，发不来名片呀！

和年轻时对儿女的严格教育不一样的是，晚年的茹志鹃更多的是对儿女生活的关心。有一次安忆回娘家，说起家乡菜"梅干菜烧肉"，说闻了隔壁的肉香馋得流口水，老人家就赶紧烧了给安忆送去。还有一次我听她夸外孙攀攀，她眼睛里的光亮和脸上的笑容深深地感动了我。我后来忍不住和茹志鹃唯一的儿子安桅开玩笑，旁敲侧击这个忙于奔波生活，迟迟没有担负起生儿育女天职的男人，是不是应该担负起"娱老"的责任？安桅大气地说母亲始终是尊重和体谅他们夫妇的选择的。

1998 年春天，茹志鹃不顾自己年老体弱，赶到医院探望病中的《上海文学》执行主编周介人。作为周介人的前任，曾经担任过上海作协党组书记的茹志鹃，深知办一本纯文学刊物的艰难和难言的苦衷。面对十年辛苦、衣带渐宽的周介人，她饱含深情地自责说，小周，我退下来的时候正是刊物最难的时候，你为这本刊物消耗太多心血，你的病我有责任，我对你不住。病榻上的周介人被这番剖心沥胆的话牵连出满腹的甜酸苦辣，几乎难以自持。因为要主动去承载这一段原本不属于她的艰难，茹志鹃一次又一次地勉为其难、四出周旋。有一年茹志鹃应某个城市女市长的邀请，去该城市访问，同行的有上海的几位作家。笔者亦厕身其间。这是我又一次更近地观察到茹志鹃。同行的周介人显然煞费苦心“另有企图”。短短的两天里与其说她是在主人的安排下，莫如说是在周介人的“授意”下，年近七十的她又是访问农民企业家又是参观饮料厂、空调器厂的，还要接待来访的客人，马不停蹄。为了可能获得的对文学事业的经济资助，每晚总要忙到深夜。看着她在丰盛的餐桌上，疲惫地喝着茶，每次都声言：我只要吃碗面！我心里就紧紧的，有一种悲哀。

因为有过这些无奈的努力，周介人后来的去世显然给了茹志鹃“很闷”的打击。她衰微的心脏在病魔的折磨下已经脆弱。但是她在努力自救，她耐心地配合医生的每一个治疗方案，她渴望病房外的生活，走廊里每一次的电话铃响，她都要热切地探身张望。即便是在这样的时候她还在关心着别人。那次我去医院看她，短短的两个小时里，她先是担心我回家淋到雨，后来就索性下了逐客令。茹老师担心周介人遗属独自生活的孤独，对她说，我出院以后你就天天到我家里来，你在我家里吃饭，我们一起聊天。在荣誉和地位的高处辉煌过的茹志鹃此时此刻更多的是布衣的情怀。

直至今天，我还记得华山医院的那间病房。病房很安静，茹老师就坐在靠近门口的地方看书，身上是长长的蓝色病服，光线从窗外射进来，照着她花白的头发，清清爽爽的。看到我走进病房，她露出了我熟悉的笑容，然后就是不停地说话，不停地探望窗外，忧心忡忡地：天要下雨了吧？她担心我回家淋到雨。临近四点的时候她开始看手表：我的外孙攀攀要来送菜了，甲鱼汤，是他一手采办、清洗、烹调的，他会煮很好味道的菜。她说这话的时候，脸上的表情非常非常外婆。仿佛是心灵感应，隔了不久，一个二十岁的大小伙子小心地提着保暖壶跨进了病房，口袋里还揣着送给外婆的袖珍激光唱机，唱机里是一张怡情养心的保健唱片《天空和星座》。茹志鹃心疼地替他擦汗，看不够似地，攀攀呀，是我的"一帖药"呀。在"一帖药"的催促下，老太太品起了他的杰作，眉开眼笑的。真是吃在嘴里甜在心里，很平和很家常的时光呀。你会觉得这样的时光仿佛永远。你不能、不忍想象它已经消失。

这样的时光已经阴阳相隔、永远不再。

站在茹志鹃家里的灵堂前，瞻仰老师的遗容，这张多年前在作协大院里照的相片，参加过上海妇女巾帼成就展，是茹老师非常喜欢的一张相片。照片上的茹志鹃在夏日的阳光下笑得十分灿烂。当年茹老师毫不忌讳地说过，以后就是我的遗像呀。一语成谶，老师是带着这样单纯的笑容离开人世的吧？

不约而同的，很多人都送了洁白的百合花。灵堂里飘着淡淡的花香。按照老师在小说《百合花》里的定义，百合是象征着“纯洁和感情的鲜花”。这样的花又何尝不是老师人格的象征呢?自然的花儿会零落，老师的《百合花》还将继续留芳人间。我猜想老师最后的日子里听得最多的一定是那张《天空和星座》的唱片，她在舒缓的音乐里、在自然的鸟鸣和轻风里，放松她那脆弱而坚强的心灵。她去了天空和星座，围绕着她的还有百合的芳香。

魂归“天云山”

2002年的仲夏，我同著名作家鲁彦周老师和他夫人张嘉老师、文学评论家吴泰昌、杂文作家李下等，应邀赴内蒙采风，一行五人提前在北京的中国作家协会宾馆聚合。那是我第一次见到鲁彦周老师，当然，他的大名我早已如雷贯耳，许多年前，他的一部《天云山传奇》让我感动得热泪滚滚，也催化了我的文学之梦。这是一个直面人生的灵魂发出的对黑夜的鞭挞，中国大地从此有了一座文学意义上的大山：天云山。

那天鲁彦周老师模仿上海口音指着我说，“噢，上海人，好！”这也许是鲁老师爱屋及乌，因为此时他的儿子鲁书潮和儿媳王丽萍已经在上海立足，并且有了一方不错的天地。张嘉老师更是一副慈母心肠，拉着我打听上海的气候，凉了还是热了，让我顿感无拘无束。

其实无论从年龄、资历、文学成就，我都是鲁彦周老师的晚辈，无法望其项背，理应对他毕恭毕敬。可不知道为什么，面对白发的、儒雅的鲁彦周，我感到更多的是一份亲情。有一句话我始终不好意思说，鲁彦周老师的面容非常相似我的已经仙逝的父亲，都有点清瘦，有点江南男人的谨言慎语。鲁老师脸上的那份慈祥的笑意比任何语言都富有感染力。“幼吾幼及人之幼，老吾老及人之老”，正是这一特殊而传统的情愫，让我们一见如故。

我们一行五人后来在内蒙古同志的陪同下，去了很多地方，呼和浩特、库布齐沙漠、白音锡勒草原、美丽的钢城包头……途中吴泰昌是个老顽童，每到一地，他必呼朋唤友，然后便不知所踪。李下来自《求是》杂志，他的性情和这家刊物有点相似，莫测高深。由此我

作者和鲁彦周夫妇在内蒙

和鲁老师夫妇俩便很自然地结成了一个小组，随意而亲切的聊天渗透在每时每处，拉不完的家常，仿佛成了一家人。记得在白音锡勒草原，承蒙当地朋友的豪情接待，我误喝了一大碗“草原王”烈酒，头痛难耐，张嘉老师始终陪伴在我身边，还跑了很远的蒙古包，为我讨来热茶醒酒。我沉浸在二老父母般的慈爱里。慢慢的，我了解到，鲁彦周老师之所以对上海情有独钟，还有一个秘密，那就是奠定他文坛地位的《天云山传奇》，剧本就是在上海的安福路上海电影厂文学部的宿舍里改就的。他充满感情地回忆起安福路附近的小面馆、小酒馆，他说那时候年轻，身体好，爱喝点酒，写作兴奋了，睡不着，就会到那些去处小酌几杯。后来我回到上海，办事经过安福路，我留意那里的街角，我猜想有很多个不眠的夜晚，那里曾经留有鲁老师颀长沉思的身影。鲁老师还说起华山路，那条美丽大街上的梧桐树，树下的那份宁静和华美。这是城市值得回味的风韵。我于是懂得了鲁老师的情怀，他是喜欢安静的人，懂得感恩生活的人。

那次旅行，我们是在北京分手的，都有些依依不舍。鲁老师对我一人去机场不放心，特意关照李下送我到机场。我谢过了，鲁老师说你别谢，你不就像我女儿么，早已父母双归的我，闻言差点哭了。

回上海不久，我便收到了鲁老师的字，张嘉老师的画。那幅字写的是一首五言："万树寒无色，南枝独有花。香闻流水处，影落野人家。"鲁老师在电话里解释说，他欣赏我的率真和对文学的挚爱，我想，这是鲁老师对我的谬赞了，我惟有自律。

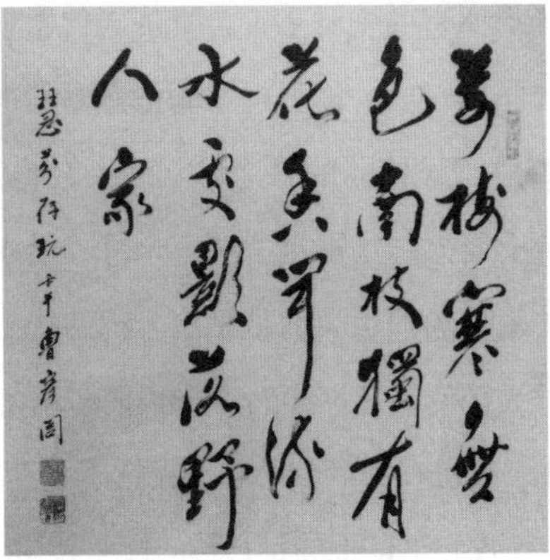

鲁彦周写给作者的字

是年深秋，二老从广西南宁旅行回家，绕道上海探亲看病。鲁老师在上海朋友如云，但是此行是为了张嘉老师延医看病，逗留时间不长，没有惊动任何人，只是让鲁书潮给我打了个电话。家居郊区的我和先生当即驱车去了书潮的家，见面的亲热劲儿自然不必说了，午餐是在南京东路的梅龙镇广场，王丽萍请客。我注意到鲁老师对张嘉老师病情的关切之情，他们二老相濡以沫的深情，我在内蒙古就已经亲眼目睹。在内蒙古的时候，有次我们开会脱不开身，张嘉老师独自去逛街购物，时间长了鲁老师便有些坐卧不安，直到老伴平安回来，他才轻轻地责怪了一声：你呀……而张嘉老师也常常是晚上衣不解带地照顾体弱的鲁老师。那天在梅龙镇广场，我感慨年龄不饶人，仅仅过了两三个月，不知道疲倦整天乐呵呵的张嘉老师也会面带愁容。我有些心疼。餐后我们还逛了五楼的工艺品柜台，爱美的张嘉老师买了一只琉璃挂件，我也在二老的怂恿下挑选了一套宜兴茶壶。短暂的相会在我心里留下的是长长的忧虑和相思。

2003 年 4 月，我和思念已久的鲁彦周老师、张嘉老师在安徽宣城敬亭山重新相聚，那是一次以茶会友的笔会，我还有缘结识了仰慕已久的邵燕祥老师、王火老师、邓友梅老师，这些令人尊敬的文学前辈，为人为文都是我人生追求的标高。他们都是鲁彦周老师的老朋友，看到他们聚在一起，发自内心的天真笑声，我惟有感动和祝福。那次笔会的全部行程，是鲁老师一手策划的。屯溪老街、黄山奇峰、花山迷窟、许国牌坊、歙县渔梁、棠樾牌坊群、名人故里绩溪……每次鲁老师都是步履缓缓地走在其间，还不时惋惜我们错过的风景，比如祁门的牯牛降，他说那里有一份原汁原味的美丽山水。鲁彦周老师患有慢性肺心病，其实不易多动，而且这些地方他已经来过无数次。我在领略徽州古文化无穷魅力的同时，也领略了鲁老师热爱家乡一山一水的深情，以及他对旧雨新知的一片厚谊。

那次赴敬亭山之前，我还顺道拜访了坐落在合肥寿春路的鲁老师宅第。那座两层小楼大概是上世纪五十年代的建筑，朴实而显苍老，令人留恋的是院里遍植的奇花异草，牡丹、石榴、樱花、桂花、月季、含笑、梅花、映山红……这些我都在电话里听张嘉老师一一描绘过。她尤其喜欢樱花和石榴，前者灿烂如烟，后者果实累累。我和张嘉老师都喜欢莳花弄草，我图的是一份好玩，有始无终，而她则不然，她是爱花、养花、画花，把花园当作了画室的延续。我从院子里眺望到书房的斋名：樱榴居，还有鲁老师自题的“一树樱桃一树榴，半楼明月半楼书”的对联，我明白了，张嘉老师爱的岂止是花，更是鲁老师这个人呀。这斋名和对联，正是鲁老师从文五十年的人生写照，也是她和鲁老师五十多年风雨同舟相濡以沫的最好最美的见证！

从安徽回来不久，我的眼病突然恶化，我无法再继续读书写作。闻知此事，张嘉老师和鲁老师在电话里不断鼓励我，安慰我，而我也经常问候二老的身体。在这两年里，张嘉老师的类风湿病似乎好点了，但是她的视网膜也出了问题，我曾经极力劝说她到上海来治眼病，因为种种原因没能成功。后来每当她在电话里唠叨眼睛不舒服时，我都会感到不安，觉得是自己没尽到责任。鲁老师也时断时续地在医院里治病，其间甚至有过抢救。但我还能在电话里听到鲁老师的笑声，而辍笔的我也努力把自己的生活调整得轻松些，我们彼此鼓励彼此关心。疾病让我们的心走得更近……

2006 年 11 月 26 日，鲁老师走了。张嘉老师说他走得非常突然，也非常安静，我想，他多么热爱这个世界，热爱家人和朋友，他怎么能这样轻易地走呢?！我又想，他是不是为了张嘉老师，以及家人？他不想再拖累她们？无论如何，他留下来的理由应该更多更多……

2007 年春天，我和朋友们重游徽州，路过祁门牯牛降，牯牛降是鲁老师生前非常钟爱的大山，专门撰文赞美过它。仿佛有人在召唤，我引领朋友们走进雨中的牯牛降，只见大峡谷内汹涌的飞泉和峡谷中林立的巨石阵，一动一静亲密接触，发出阵阵如雷的涛声。我走在峡边的木栈道上，心里在寻思，鲁彦周老师也一定在这里流连过，倾听过，面对大自然的伟力和壮美，鲁彦周老师是不是在构思一部“天云山前传”？他总是说，他还有很多构思，很多计划……可惜我们已经无法知晓了。

听张嘉老师说，鲁老师未来墓地的墓碑，就是采自徽州山区峡谷的天然石，寓意大山。此中深意，不言而喻。

魂归“天云山”。我知道，鲁老师的英魂是不会离开他热爱的徽州大地的，只要我们走在这片神奇美丽的土地上，我们就能感受到他的存在。这不，我在牯牛降奔腾不息的飞泉中感受到了他坎坷而又激越的生命张力，他对黑夜的鞭挞，对善良生灵的沉重的歌咏，他的每一页书稿，每一部杰作，都如这峡谷中的飞泉，永远震撼着我们的内心。

最是书香能致远

1996年6月，我在庐山参加百花洲笔会，初识叶广芩，和她同居一室，不无陌生。

我俩之间有着太多的不同：我们彼此的家乡一北（北京）一南（上海），她出生清朝贵族，我出生上海普通市民家庭；她曾经闯荡西北，东渡扶桑，我除了旅游从未离开过上海。她说非常标准的京味普通话，我说一口被她称作“鸟语”的沪语。我们勉强相似的是年龄，或者还有对文学的敬畏。我猜想，广芩最初对我这个说“鸟语”的上海女子，是抱着观望的心态，不指望会产生什么劳什子的友谊吧？一年后在西安我看到她描写上海男人的文字：小气，斤斤计较，怕老婆……你看看，她对上海人的偏见！好在我们都“为人实诚”（广芩语），友情就在这样的陌生和偏见中，一点一滴仿佛凉水泡茶，慢慢滋味起来。待到下山分手，我们已经成了好朋友。

广芩说话爱抿嘴微笑，那浅笑里透着智慧、幽默和宽容，仿佛在说，嘿，就这么回事！她是一位胸襟大度，不拘小节的女性，比她年轻的男作家都叫她一声大姐。她的一口漂亮的京片子令我想起三十多年前的一位同事，

作者和叶广芩在庐山笔会

那位先生也出生清朝贵族，说一口非常标准的普通话，温和儒雅，当时他虽然是个普通工人，且处境艰难，但他热爱科学钻研学问的劲儿，想遮掩都不行。后来他去了美国定居。患难时期我们曾经有过非常珍贵纯粹的友谊。我把那位朋友和广芩类比，我猜想广芩在过去的年代也不会好到哪里去，并且我相信她的坚强。不知道是怎么开的头，广芩说起了她的过去。果然，她说她6岁就失去父亲，20岁当了“反革命”，下过农场养过猪，曾经生不如死。

仿佛身上的伤疤，你会不由自主地去抚摸，痛苦也是这样，总是记忆深刻。广芩尽管出生在京城的大宅门，看到过没落的繁华，更多的却是品尝赤贫和耻辱的滋味。我后来去西安，和广芩在兵马俑博物馆附近的古玩街闲逛，不知怎么走散了。待到重新碰头，我手里已经捧着两件淘来的“古玩”，广芩不屑，连一眼也不瞥说，扔了。那天我关注的是满街的“古玩”，广芩关注的却是陕西小吃，凉皮、千层饼、荞面饸饹、牛肉扯面、小米稀饭、江米甑糕……

几年以后我看到广芩写的回忆录《没有日记的罗敷河》，这个从八九岁开始就代母亲跑典当行，把家里上百年的老底一件一件典当出去以维持生计的叶广芩，曾经在1960年的饥饿年代，把家里最后一个鼻烟壶，乾隆年间宫廷作坊的稀罕物件儿，以1元5角的代价典给了古玩商，为了换取保命的5斤黄豆！1968年，贫病中的母亲给即将远赴西安工作的广芩凑一床被子，以34元的代价典当了一条精美的波斯毯子，事后这条毯子以数万元的价格出现在文物商店……当时毕竟年纪小，广芩说，经她手从家里倒出去的古玩字画何止价值千万。而在破四旧的疯狂中，家里铺天盖地的字画和书籍，还有精美的古瓷，都在院子里化作了灰烬和碎片……真正是曾经沧海难为水呀。我终于明白了在西安秦俑的古玩街，广芩和我的差别，其间有多少痛彻心扉的隐痛和酸楚？我为广芩哭！

叶广芩姓叶赫那拉。在清朝这个显赫的家族以出皇后而著名，至于嫔妃之类就更不在话下了。辛亥革命后，这个家族才简姓“叶”。叶赫那拉的姓氏带给了广芩无穷的灾难和痛苦。同时也给了她文学的骄傲。她的系列中篇家族小说集《采桑子》，即是取她家族的先人、词界才子纳兰性德的《采桑子·谁翻乐府凄凉曲》一词的词牌、词句作为书名和篇名的。我想，在广芩的血脉里一定流动着无言的傲气和风骨。

自庐山分手后，我和广芩常通电话，交流的也无非是说了就忘的废话，但我们彼此牵挂。1997年10月，广芩说秋天的西安是最好的，你来不来？我说来了就住你家？两个人都说好。因为两个人都“实诚”，所以就有了我的西安之行。这是我喜欢的旅游方式，找一个落脚点，然后就独自瞎逛，期待冒险，或者是奇迹出现。我之所以敢赖在广芩家，是因为她的先生在日本讲学，家里由她说了算。

呆在西安的几天，广芩时而也陪陪我。去乾陵的时候，我是独自出游的，在长途车站坐了“一日游”的小巴士。后来才知道那是私人承包的小巴士，导游想方设法带你到一些破景点敛财，比如在扶风县法门寺，导游却把我们引领至距法门寺数百米外的人造景观“东方大佛宫”，仅门票一项就宰去了游客十几元钱，里面尽是一些造型和制作工艺都非常粗糙的塑像。事后知道，早在1995年国家宗教局就指出，法门镇的“东方大佛宫”是不合法建筑，应予以拆毁。而在乾陵附近，导游又把乘客引领进人造景点“武曌园”，号称融园林、展览、游乐于一体，票价二十元。我对此不感兴趣，拿着导游代售的门票去窗口退，却被告知是“折扣票”，不能退。人生地不熟，我只得坐在“武曌园”门外生闷气，恰巧有一对慈眉善目的老夫妻从载客小车下来，说原来打算去乾陵，半途被车主鼓动改道而来。心直口快的我告诉这对老夫妻，乾陵是非看不可的，武曌园是可看可不看的，二老明白后立马撤退转身就叫车赶去乾陵了。原先那车主正殷勤地抢着在代买门票，眼睁睁看着一笔横财落空了，竟把一股毒怨发泄在我身上，园里园外追着我不放。那车主长得方脸大嘴，和他那些祖先的塑像——兵马俑一样威武，那天我差点挨“兵马俑”的揍。晚上回到广芩家告状，广芩责怪我干嘛不打电话给她，她保证立马赶过来。说平时找人吵架不行，这送上门来的才痛快呢。

还说她常常是路见不平，恨不得拔拳相助打一架。2001年9月，广芩以家族小说《梦也何曾到谢桥》荣获第二届鲁迅文学奖，这位昔日的“格格”，一袭旗袍款款玉立，出现在浙江绍兴的领奖台上，这时候的她不再是泼辣干练，而是雍容端庄。此时此刻，有多少沉痛的家族故事在她的胸臆间流过?

我那次西安之行完全是朋友之间的率性而为。我甚至都没想过该什么时候回家，似乎一切都是那么理所当然。接下来的华山之旅，更出乎意料之外。广芩说，你该去华山了。于是我想起我的两个初中同学，在1968年分配去了西北的某军工基地，在红卫兵运动中曾经誓不两立。这样两位冤家对头一起上了火车，命运使他们只得握手言欢。一年后回沪探亲，两个人结伴先上了华山。那时候的华山，道观早成了残垣，渺无人烟。事后其中的一位告诉我，自古华山一条路，俩人站在华山绝壁的险道上，周围竟无一人，深渊空寂。这时候他都不敢去想身边的人曾经是死敌。我听了汗毛凛凛，就是在这时候我听说了华山之险。

当然1997年的华山，已经是熙熙攘攘人群喧哗了，只是险峻依旧。赴华山的前夜，广芩先是指点我行程、交通和住宿，然后突然平静地说，明天咱俩一起上华山吧。我喜出望外乐不可支。后来我领略了华山无法形容的险峻，才深深地体悟了广芩的情谊。我大概不会陪人再上一次华山吧？我们那次沿途在临潼华清池“挟持”了那里的公安民警范东峰。他也是庐山笔会的文友。我们在临潼想了很多办法才找到他。不管怎么着，你得陪我们上华山。广芩不容置疑地宣告。广芩说你还得穿着警服上华山，保证我们安全。听得我忍俊不禁。范东峰也想了很多办法逃避，几乎是一步一回头地被我们逼上华山的。他气得骂我们是“贼女子”。在陕西话里，“贼”作形容词是聪明和狡黠的意思。吵闹归吵闹，心怀疚意和慈悲的我们对范东峰十分照顾，下山的时候，还替他单独叫了一辆滑竿，我和广芩则在一边趔趄着脚儿苦行，那情景十分可笑。

华山之行让我对广芩有了更深的了解。记得那天乘缆车上北峰然后一路经过擦耳崖，天梯，来到苍龙岭，几乎每一步都是“四脚并用”，战战兢兢。苍龙岭的大风仿佛是从天而降，无遮无拦。据说韩愈在此吓哭过。至于南天门的“长空栈道”，那是要有一点亡命之心的勇气才敢涉足的。我们原来打算当天下山，实在是连爬带滚都无法在当天下午五点之前回到北峰的缆车站。最后被困在一家幽静的小道观过夜。华山之夜是彻骨的寒冷，有一点“风雪山神庙”的意境。因为无法入眠，我们索性披衣长谈。就是在那个寒夜，广芩聊起了她曾经五次上华山的经历。自 1968 年被无辜打成反革命后，她在华山脚下的华阴农场度过了整整八年的猪倌生涯，忍受了无数的屈辱和挣扎。即便如此，她仍能远远地欣赏华山的峻美之态。八年的磨砺使一位二十岁的贵族少女成了一个能够说“扯淡、去球”的坚强女子。广芩的父亲是画家，新中国成立前曾担任过国立北平艺术专科学校的老师。广芩在父亲遗留下的画作里领略过高山大川的美妙，她对华山因此怀有一种类似亲情的敬仰之心。她甚至不愿意以“戴罪”之身去攀登华山，直到她即将离开农场，她才来了邪劲儿，一个月内竟上了五次华山！

华山之夜和叶广芩披衣长谈

“从这以后我不敢再提华山。”广芩动情地结束了她叙述。她后来站在华山，俯瞰昔日的华阴农场，并在那里照了一张相。我这时候领悟到，我们的华山之行，其实不是广芩舍命陪君子，而是我在陪伴广芩重走过去的人生！我为和广芩有这样交错的机缘而感动。我想唯有面对了，才能放弃，广芩今后的路必将走得更加坚实。

今年3月听说广芩担当了改编《茶馆》电视剧的编剧，我想干这大活儿没有比她更合适的了。我看过她的长篇小说《全家福》，我首先折服的就是她的语言。我甚至都没细看故事的发展，而一味沉湎于小说人物的对话和作者的叙说语气中，那份生动、醇正的京味令我如痴如醉，我仿佛走进了老北京，看到了老北京的东直门、故宫、大宅门、四合院……作家邓友梅说，读叶广芩的京味小说最解渴，够味儿，有墨香，于“从容舒展中流露书卷翰墨之气”。

最是书香能致远。我等着看广芩编剧的电视剧《茶馆》，在老舍先生“环转如珠，流畅如水”的语境中，寻找广芩的温婉隽智。

广芩是特立独行的。她后来在陕西周至县挂职当县委副书记，因为她爱穿旗袍，爱吃烤白薯，冬天坐一块钱的小三轮，成了当地引人瞩目的“明星”。县文化馆馆长找她提醒说，“叶书记，你不能穿这个旗袍在县委大院里进来出去！”两个人就一来一去地对话。馆长说，你是书记。广芩说，书记怎么不能穿？馆长说，旗袍不正经。广芩说，谁说旗袍不正经了？旗袍是国服，你看出去的夫人都穿旗袍。馆长说，那人家是夫人，你是书记。广芩说，书记该穿什么？馆长说，穿套服。广芩说，去你的土八路，我就穿旗袍！

看看，这两人，俗话说秀才遇到兵，有理说不清，真不知道谁是兵谁是秀才呢！非常传统的广芩，这时候大概也迷糊了。2002 年，我和广芩在武夷山，听她闲叨说这事儿，我笑出了泪。

我和广芩还有好几个约定没有兑现。1999 年，我患眼疾，天马行空的广芩从周至打电话过来慰问，说她常在林木葱郁的动物保护区内居住，那里没有电没有任何通讯设施，人、动物、自然三者的交流处于一种非常本原的状态，大美无言，她常常在不假言说的造化之美中审视自身，悲悯一切生命。“你该来看看”，广芩说你到了周至，随便问上一个赶马车的“叶广芩住哪儿”，就会有人把你带到她家；2002 年我和广芩参加作家出版社的武夷山笔会，相约会后一起去厦门鼓浪屿，后来因故没有成行；我们还想过东渡扶桑……

但是我的心里一直装着广芩。我觉得广芩在关中平原著名的周至县挂职是一种命运，前世今生的缘分。周正是一个文化大县，白居易在那里当过县长，在周至写下了千古名篇《长恨歌》；李商隐也在那里当过县长，留下了大量意味隽永的诗篇。周至有著名的老子讲授《道德经》的“楼观台”，此处周秦遗迹、汉唐古迹比比皆是，是道家的发源地，唐宋诗人王维、李白、白居易、李商隐、欧阳修、苏轼等都在“楼观台”留下了墨迹，周至还残留有清道光年间佛坪县城的旧址——“佛坪厅城”，1922 年因匪患而废弃，现有一条小公路通向外界……周至的文化积淀丰厚悠长。广芩四五岁的时候曾经在颐和园里的小院子居住过，从龙王庙的码头到后山的藏庙遗址，西堤六桥的桥墩至仁寿殿的流水沟，还有北宫门的石阶、后湖的睡莲……一个淘气无聊的小丫丫日日在颐和园里野逛，中国传统文化的魂魄悄悄地潜入了她的内心。颐和园中谐趣园秀雅的楹联、景福阁清寂的月光是慈父带着她阅读的，成了她童年亲情最好的记忆。我想广芩到周至，是不是那段童年岁月的延伸？景福阁的月亮当初也在周至的汉唐遗址上徘徊，广芩是不是在追寻，追寻一种文化？

因为广芩的多面和博识，广芩本身就是一部小说，一部能够带给朋友快乐和智慧、野性和雅趣的小说。

千转百绕情不变

1995年，在荷兰鹿特丹林湄的家里。我踏进她家的门厅，林湄的丈夫提着我的行李，用那种典型的荷兰男人的好奇，孩子气地微笑着。一个小时前，就是他举着牌子来接机的。

“你来了……”一声轻轻的呼唤从门厅的另一头传来，我回过头，看见了林湄，端庄、文静，只是她的脸有点浮肿，是那种睡眠不好的浮肿。

她看着我，疲惫的眼神里流露出温和、关切，她显然等了很久。在临近深夜十二点的时候，她打量着我，不是那种女人打量女人，而是大姐端详小妹。

我们拥抱在一起。

在这以前我们通过电话、传真，交换过各自的文学作品。多年来我们都在努力用文字去探索和认知女性的命运，我们神交已久。在初夏郁金香盛开的季节，我们相见了。就是在那个荷兰的深夜，在林湄的书房里，他乡遇知己，我和林湄敞开了女人的心怀。

比我年长的林湄有着普通而离奇的经历。1945 年，她出生在福建泉州，生于斯长于斯。1963 年林湄高中毕业奔赴农村，成为邢燕子式的弄潮儿。1966 年的“文革”使她跌入命运的低谷，年轻的林湄有了心灵老去的感觉。1973 年她移居香港，经历了婚变和商场的无情，痛定思痛，她进入新闻界。在对巴金、冰心、沈从文、梁漱溟、钱钟书等文化名人的专访中，他们人格的力量洗涤和升华了她内心的屈辱和痛苦。她撰写的《文坛点将录》，一时间被海内外几十家报刊转载。与此同时林湄创作了长篇《泪洒苦行路》，写出了香港社会女性挣扎的艰难和沉重。1989 年她再一次选择人生，来到欧洲，走上了职业作家的道路。她以《浮生外记》、《漂泊》、《迷失》等反映华侨命运的优秀长篇，崛起在海外华文文学的舞台上。

这些奇谲的经历后面蕴涵着她的苦难和欢乐。

从那晚起，林湄家的客房，成了我羁旅欧洲的家。在后来的日子里，与其说我在旅游解读欧洲，莫如说我在寻找和解读林湄。林湄有着朴实无华的笑容，那种纯粹女性的微笑在她自然的随和里，轻柔地开放……

这样的微笑舒缓了我离家万里的紧张，亦抚慰了我单骑闯荡欧洲的寂寞。在欧洲游历的日子里，无论走得多远，无论迟归的步履如何疲惫，只要想到在荷兰鹿特丹，在那幢美丽小楼的客厅里，有林湄的亲切的微笑，我的心就会平静。记得在布鲁塞尔中央火车站，因为心血来潮，我临时改变路线上了去卢森堡的列车。临行前，我用投币电话和远在鹿特丹的林湄联系，她那一声："你急死我了……"差点让我掉泪。还有一次我去海牙看望我的上海老乡，晚上回鹿特丹林湄的家，是她的先生开的门，我走进屋的时候，林湄正在她的书房里和我的上海老乡通电话，她大声地焦急地在说："她还没到家哇，我不放心呀!”我靠在门上，我的心已经不年轻不柔软了，可是林湄的质朴和细腻使我平常的心又喧哗起来。于是我明白：无论你多么坚强，多么自我，你永远离不开相濡以沫的友情。我想，林湄那么真诚地关心我，也许因为我们都是文人都是女人，也许更多的是一种怀旧，或者说是中国情结吧。

所有看过林湄作品的朋友，都会发现生于中国长于中国的林湄，无论她如何洗心革面如何脱胎换骨，她吃荷兰奶酪持异国护照，然而她永远无法放弃她的精神家园。她所有的作品，都蕴涵了她对故国的深情，那种“吾将上下而求索”的苦行，还有“这愁那愁都会时迁情过，只有乡愁系住人的一生”，那种感悟渗透了中国文人精神拓荒者的痛苦和欢乐，也流露了中国传统知识分子的那种质朴和忠诚。千转百绕情不变，林湄不仅是一个中国女人，还是一个绝对的中国文人。

每天傍晚，林湄总要到离家不远的柏克湖去散步。她忧郁的眼睛在这欧洲花园里和落日一般庄重。那里的森林、草地、湖泊、教堂和露天咖啡馆，那种宁静和美丽仿佛印度檀香，温馨着林湄曾经老去又重新复苏的心灵。林湄在那里放飞她的艺术灵感，以她的敏锐细腻，观察和探索了旅欧华人在婚姻、家庭、事业中的努力和无奈，他们的成功和失落，尤其是那些美丽的女人们，在流逝的人生中曾经希望也曾经磨难，那种平凡而个人的伤逝，那种铭心刻骨的伤痛，在无望中留恋生活。她们具有一种西西弗斯式的悲剧意义。我们在解读这些美丽女性的过程中，也触摸到林湄的执著和骄傲，她在抚摸文学、记录痛苦的同时完成了自己命运的转换，她藐视命运并且克服了命运的劫难，她在西西弗斯式的努力中寻找到自己并且发现了生存的意义。

既是作家又是专栏写手的林湄在她的书房，对着铺开的小说稿纸和港澳方面催促专栏文章的传真，她有点无奈。专栏是她赖以生存的面包，而小说则是她永远的精神避难所。熊掌和鱼，认识到自我的林湄依旧无法逃避生活的玩笑。于是我读懂了林湄眼中的忧郁。

林湄身边有很多朋友，他们大都来自中国大陆，甚至都曾经当过知青。他们在异国平和而努力地生活着，他们有太多的相似。林湄的余暇，她的快乐就是和这些意气相投的朋友打电话，倾诉衷肠。在这种时刻，我发现林湄是寂寞的。林湄并不掩饰这样的寂寞。她说她与她先生有着太多的隔阂。她说这话的时候，语气是平静的，然而我听到了这平静后面的叹息。

两年后的秋天，林湄来北京参加一个海外华人文学研讨会，会后转道来上海，我们又见了面。她的个人生活发生了很大的变化，她已经是自由身。此次她和我说得最多的是“不谈爱情”。她说她愿意过独立的生活。我想，一生都在追求真情的林湄也许没有意识到、或者即便是意识到了，她也不愿正视她内心的真正渴望。

在多雨的上海秋日里，我和林湄撑着伞，我们不能相信我们就要分别。人海茫茫，浮生如梦，这样的重聚或者是一种奢侈吧。雨丝里，林湄寂寂的身影在慢慢淡化、模糊、留恋。

分手以后我还能触摸到林湄的寂寞，隔着万里之遥，我为我无法宽慰林湄的寂寞而悲哀。我仿佛能感觉到在荷兰鹿特丹她的家，厨房里飘散着的煎熬中药的苦涩，苦涩中透露出的温和。周围是如此宁静、有序、优雅，在这样的美丽中，林湄仿佛一朵愁云，飞在欧洲蔚蓝的天空上，执著着她的祈愿和努力。

她的祈愿是愿海外华文文学在欧洲并且在它的本土中国绽放出奇光异彩，成为世界文学的一部分；她的努力是在实现自己创造的太阳，或者说自己的天空。这心灵的天空和太阳是任何寂寞和磨难都无法剥夺的。它永远灿烂。

作者夫妇和林湄（左1）在上海，左2、3分别为褚水敖、李子云

曾经是个小明星

几年前，北京电影制片厂的赵玉嵘导演找到我，商谈将我的小说《苦叶》改编成电视连续剧。我在长途电话里听到她非常温婉甜美的声音，虽然不认识，心里却已对她有了一份好感。从她徐徐的自叙中，我意外得知赵导曾经是一个小明星，主演过电影《小梅的梦》，上海电影制片厂 1954 年摄制一部的影片。相信从 20 世纪 50 年代过来的人，大都看过这部儿童电影。影片中赵玉嵘演的漂亮女孩小梅拥有小木偶、布娃娃、小白兔和小马车、小猫等玩具，在小梅的梦中都活动起来，营造了一个欢乐王国。这也是“玩具总动员”吧？我至今都清晰地记得。《小梅的梦》带给我欢乐，遗憾的是当时的我只有一个简单的布娃娃，还是母亲自己缝制的。

“小梅”就是这样深深地烙印在我的心中。这样的心情是很难用羡慕、向往之类轻飘飘的话语来形容的。没想到四十年后，“小梅”找到了我。此时的她是北影的导演，致力于电视剧的制作。

因为是上海人，又因为自己温婉柔雅的性情，赵导

主演《小梅的梦》的导演赵玉嵘

说她一直在苦苦寻找适合的上海题材，偶尔地在书市上看到我的小说《苦叶》，居然喜欢，于是就开始了人海搜索。为了找到我，她“点击”了所有上海的朋友，甚至逼着自己的老伴张义生先生骑着自行车转悠，从白石桥路一直到车公庄大街，找到出版《苦叶》的九州出版社，想方设法终于得到了我的联络电话。

有了这样的渊源，我和赵导在电话里谈得甚欢，一拍即合。我答应赵导自己动手编剧。此时我和赵导心里想得更多的是如何改编，如何拍摄。赵导答应我的稿酬是每集三千。当时她其实连一个投资方都没有找到，也就是说两手空空。她拿出自己的两万元钱作为编剧的订金，托来沪的女儿曦曦带给我，并草签了一份“合同”。我兴奋地开始了第一次的编剧生涯。一集、二集……

现在想来，赵导是天真的。她怎么知道从来没有写过电视剧本的我，就一定能写成功呢？她没有像我后来遇到的一些影视人那样，动辄就说作家写不出好剧本。我也是天真的。我一没有谈原著的著作权费，二仅仅是和私人签约，就盲目地投入了大量精力，废寝忘食。

初稿寄到北京后，赵导认真地看了，并提了些意见，有的还非常具体的。于是我又开始了二稿。这时候，我已经进入了状态，触类旁通，对编剧有了感悟。在小说原来的基础上，又增添了不少情节和细节。剧本有了悬念，也有了冲突，和原来的小说相比，多了不少戏剧的成分。

剧本完成时，正是1996年的初夏，整整三十万字。期间不少同行朋友好言忠告：小心白费精力，怎么没要版权费？也有的说，一手拿钱一手交货，千万不要轻易出手。当时的作家们开始有了版权意识，都在私下交流行情，电视编剧的稿费也在日涨夜大，有的已经上涨到每集八千、一万。至于我和赵导约定的“三千”，按圈内人的说法是“闻所未闻的偏低”。很显然，我吃亏了。我和赵导没见过面，缺乏了解，心里对她因此就有了戒备。

那年6月，赵导带着她的制片主任来上海，风尘仆仆赶到我郊区的家，开口就要看剧本。此前赵导曾经托女儿曦曦带来过她的相片，当然是非常明星的。灯光渲染下，她的头发具有一种透明的质感，五十开外的她光彩熠熠，显得很年轻。现实生活中的她小个子，烫发，说话爱笑，举手投足带有一种上海女人的妩媚，亦不乏女演员的活泼娴雅。

我已经记不起当年的小梅，亦无心欣赏她的风采了。这时候的我已经不是一年前那样不开窍，我们开始了斤斤计较的谈判。说实话，令人不快，也有点尴尬。我以一种不成熟的姿态和赵导洽谈稿酬，与此同时，我牢记一个朋友的忠告：千万不要轻易出手剧本。我只给了赵导前十五集的剧本。

外表温柔的赵导显示了她内在的老练。她拿到剧本就躲在招待所里连夜恶看，她后来在稿酬上的让步表明了她对剧本的认可。当然她的让步是有条件的。与此同时她急着要看最后的五集。我却轻易不肯出手。因为即便是让步，赵导也是拿不出一文钱的。此时的她连投资人在哪里都没有方向呢，她只能给我一个纸上的许诺。前途未卜，假如我把剧本给赵导，无疑是一种赌博。不提写小说的艰辛，就是改编这二十集电视剧本，也耗费了我整整一年的时日。和那些每日动辄一集的快手相比，我是锱重累累的慢牛了。穷日累夜，字字辛苦，即便不是为稿酬谋，我也不能把心血如此托付呀。

为了那五集剧本，赵导在烈日下数次从上海市区赶到我郊区的家，然后爬到六楼，按响我家的门铃。有一次她下错了车，步行了好长一段路，出了不少汗。看着她娇小的身子，喘喘的神情，我顿生恻隐之心。一种事业女人之间天生的相怜，掠过现实的掂量和计较，我心软了。赵导终于如愿以偿。我和她的合同依旧是甲方：北影厂导演赵玉嵘；乙方：上海作家殷慧芬。至于稿酬，还是以后……

现在想来，当时赵导其实也是凭着股热情，以个人力量，在做一件几乎没有可能的事情。她确实喜欢我的剧本。至于我把所有朋友的忠告都抛掷脑后，我已经说不清究竟是因为什么，或许是因为四十年前的《小梅的梦》?

经过几番尴尬的磨合，我们又恢复到了当初电话里的那种亲切。此后一年多，赵导揣着我的剧本，到处寻找投资方。一会儿成了，一会儿又吹了。就像一部老旧的电梯，乘在里面得悬着心，期间艰辛也许又可以写一部小说了。每次有新的进展或失落，她都会电话告知。听着她柔柔的声音、脆脆的笑、一声叹息，我仿佛看见她纤细的个子在北方的天空下顽强地显现。

后来，赵导又来过上海，她不愿放过任何一个可能的机会，甚至还拖着我出场。那些自称能够募集巨资的中介人不是夸夸其谈，就是闪烁其词，今天和你一起喝咖啡，明天却又黄鹤一去不复返，把赵导折磨得心力交瘁。

1997年的春节我在北京，顺便去看了赵导。赵导给我看了不少演员的照片，征询我的意见，一遍遍地问我，这位如何？符合你小说人物的形象吗？那位如何？气质好不好？我们挑选得非常高兴。这是两个女人的梦。其实这时候拍摄资金依旧没有着落。赵导不管，到处挑演员，选择着她心目中的女主角。

赵导的家在解放军艺术学院的宿舍楼里，丈夫张义生也是一位文字工作者，是电影《刑场上的婚礼》编剧之一。他高高大大的，非常幽默、好客。见面后一直是他在逗乐，炫耀他在地摊上买的便宜袜子啦，嘲笑自己的尊容。赵导一边笑一边数落老张的种种不是，说当初恋爱时老张是“最可爱的人”，要不，她才不搭理他呢。我理解青春时代的赵导小布尔乔亚的浪漫。老张夸我性情活泼温柔，赵导说你没看到小殷厉害的时候呢。我会心地笑起来。过去的磨合和争吵，却如一夜细雨，湿润的还是心情。

在赵导的努力下，电视剧在1997年秋天开拍。“小梅的梦”终于成了现实。开拍那天赵导特意把我请到现场，介绍给所有的演员。我也拿到了自己的稿酬。

事情过去多年，我后来又有新的长篇被改编成电视剧或别的剧种，稿费和著作权费都比以前提高不少。只是现在有些人的作派是过河拆桥，改编权拿到手后，就音讯全无了，连最起码的进展情况也不愿告知。有时候闷在家里想不通，就有朋友相劝说，嫁出去的女儿泼出去的水。可嫁出去的女儿总还是要回娘家的吧？

我怀念我和赵导的合作：坦诚、尊重、礼貌。那种合作，少的是功利，多的是纯真。

舵爷的情和爱

认识南昌的作家刘勇是在多年前的长江笔会上。猛一看，他五大三粗，细一看，他浓眉亮眼，尤其是听说他闯过赣江，当过舵爷，更觉得他浑身充满了江湖男儿的英雄气息。那阵子正是电影《红高粱》跑火的日子，在长江轮上，他把一曲《妹妹，你大胆地往前走吧》从船头唱到船尾。说实话，当时心里就一咯噔，这是个爱死女人，也让女人爱死的男人吧？仗着自己年长他几岁，心里就琢磨着要他坦白劣迹。后来又发现同行的作家们几乎都有这样的盘算，要不，怎么每晚他的舱房都挤满了人，都支着耳朵、撑着眼皮听他胡天胡地乱吹一气？

怪味花生、豆腐干，再就是酒。每次都是阿勇喝得最多，说得最多。说到最后就是最经典最通俗的话题：男人和女人。果然不出所料，他坦言他有个要好的女伴和贤惠的妻子。这比酒还要强烈，舱房里的气氛达到沸点，那些有贼心无贼胆的同行们举杯为他欢呼。喝得最兴奋的一次，阿勇竟把给笔会的稿子垫坐在腚下而全然不知，酒喝完了，稿子也五马分尸，裂成几瓣了。没办法，第二天他只得躲起来，重抄一遍。酒后气壮，他大言不惭、气势磅礴：“三年后，中国文坛就看我的啦！”

船过三峡的时候，看大江东去，他坐在我旁边对我袒露真言：他的作品还缺乏一种惊世骇俗的灵气，他感到沮丧，他还怀疑自己能否在文学的道路上走到底。这时候的他与先前的狂放不羁判若两人。这家伙原来也有英雄气短的时候啊。我想是三峡的雄阔和壮美使他有了“悟”的痛苦吧。他后来又很认真地对我说，他想好好看一些书，宗教、哲学、政治、文学……总之，他什么都想看，“不悟出些道道来。我从此不写小说了！”他又恢复了他的男儿豪气。

作为一个山东大汉的儿子，阿勇是在南方的鄱阳湖畔长大的。随着流水岁岁东去，祖先剽悍的血性在阿勇的身上显影似的慢慢呈现。10岁的时候，他开始驾着小帆船在江湖上闯。他因此喜欢阳光、江湖、浪游，还有自由真实的生活。这也许注定了他以后要在40岁的时候，为了爱，去抗拒平庸而无爱的命运。

阿勇16岁的时候，正是中国社会动荡时期，“文革”带来的家庭变故迫使他独自一人离开南昌，离乡背井，浪迹天涯。他当过矿工、爆破手、水手……危险困顿的生活雕琢着他的灵魂，雕琢着他的粗放和豪迈。他写小说纯粹是出于自信和勇气，他觉着自己能，他就拿起了笔。在这之前，他学过声乐、绘图、体育，和那个时代所有渴望改变命运的年轻人一样，他在黑暗中摸索。

当他拿起笔，写下第一篇小说的时候，他对自己说：这是老子最后一锤子买卖了，老子认准了这条道。说来令人不可思议，他在开始写作以前，居然没有正经看过一部经典小说，他不知道海明威、杰克·伦敦，尽管后来他对他们的小说喜欢得要命。他更不知道托尔斯泰、川端康成、三岛由纪夫，这简直是天方夜谭。

后来他发疯般地买书，他在新华书店搬书的样儿，令营业员还以为他是个图书管理员呢。薪水有限，他买书的钱大都来自歪门邪道，比如和朋友合伙做笔小买卖，肩扛人拉的，一身臭汗，挣它一百、二百的，或许更多，那笔钱转眼就流进了书店的钱柜里。

因为在水边长大的，他的作品就离不开水，他不回避生活的粗野和残暴，他对自己笔下的人物怀着真挚的深情，他用他整个的灵魂来感受他们的欢乐和悲哀。有一次，他一头扎进赣江，跟着驳船在江上走了六个月。白天，他和船工们一起套缆绳、撑篙杆，背那长长的纤绳。晚上，他就着马灯、酒，面对滔滔不息的赣江水，听老船工们讲述发生在赣江十八滩上的生死恩怨。从那以后他就有了“舵爷”的诨号。那些血泪斑斑、人杰鬼雄的传奇，惊心动魄，闻所未闻。爱情、复仇、生命和死亡震撼着他的创作灵感，那些敢恨敢爱的男人们和女人们的故事叩击着他的写作良心。回到岸上，他就趴在桌边，没完没了地写他的赣江。他写得最疯狂的三天，72 小时没合过眼，以至于内分泌失调全身浮肿。于是有了关于赣江的长篇小说系列之一、之二、之三……

那次长江笔会，船到重庆后，白天参观大足石刻，晚上又开派对，因为累，派对开始后，舞池里冷冷清清的，只有音乐在寂寞地回旋。阿勇就是在这个时候出现的，只见他笑嘻嘻地穿过空荡荡的舞池，一挥手便带起满场的生气和欢快，朋友们呼啦一下冲进舞池，把他围在中间，他随着节奏狂舞迪斯科。派对结束后，他又呼朋唤友地在屋子里侃大山，一直到凌晨两点，我们刚想告退，他又嚷嚷着要到街上去找喝酒的去处，真是“昼短苦夜长，何不秉烛游”！

那时候只是以为他活得潇洒，玩起来忘乎所以。很久以后他告诉我，他的疯狂独舞和彻夜不眠，其实是一种宣泄，他在感情的泥淖中陷得很深很苦。他无法在伪善的生活中伪善自己，他想在泥淖中挣扎出自己，但是他不能、不忍伤害一个叫做妻子的女人。

笔会结束后，在一篇关于他的印象记中，我信口胡言："这家伙很爱妻子很爱儿子，铁了心。"这篇印象记刊登在他们行业的报纸上。他写信来说："好你个殷姐，你把我的后路都堵了。"我心里暗暗好笑。他还说他的妻子正支着脖子盼我去做客，而他的女友则给了他从未有过的脸色看。我不知道我是做了好事还是闯了祸，也许是两者兼而有之。但是那次在长江轮上他真真切切地说过他的妻子，说她是个好女人，然后他沉默了好久。我后来才知道，他那时正徘徊在婚姻的门槛内外，想的是：离？不离？离？不离？这是哈姆莱特式的心灵叩问。

两年后的春天，他写信隐隐约约地透露了心中的痛楚。他写道："大前天晚上，我喝酒醉得从三楼滚下去，手膀上跌得都是血，至今还没有结疤。看来老酒也是没有什么效果的。想来想去，恐怕自己是个很无耻的男人，可又觉得自己的心肠实在是不坏……我很想用五张，十张的纸和殷姐你谈谈是什么原因，让我这样心烦意乱，可又难以启口……"

我不知道对他说什么。他不是那种可以在两个女人之间潇洒来回的男人，他只想爱一个人。从某种意义上来说，他依旧是传统的。他在传统的家庭责任和传统的爱情观念里挣扎，这种挣扎是痛苦的，任何人都帮不了。我后来听说，他的妻子曾经自杀未遂，他被他老爸骂了个狗血喷头。他最后选择了逃避。

夏天，他突然来信说，他要去海南或者深圳，他决定暂别文坛。我未免为他惋惜。他说他什么都不会变，他还要喝酒还要跳舞还要读书和出名，他也要女人的爱。他什么都想要。“如果真的不是创作的料，那么在我身上还会发生奇迹。这世上的人，都是一个脑壳两只手，谁比谁差?”他这样宣告。他其实是带着心灵的疲惫远行的。

我想起他在长江上的狂言，我还是喜欢那时的他。他对“江湖”的挚爱令人感动，可是现在他却要下海了。想到他背着行囊独步在南国的情景，我想也许南国的风会吹散他心中的困惑和迷茫，他的最后一锤子“买卖”会进入一个新的境界。

这以后就是整整四年，没有他的消息。期间向有关的朋友打听过，众说纷纭，有的说他在北方经商，有的说他在深圳炒股，他仿佛一只断线的风筝，行踪飘忽、居无定处。

后来，我去南昌，我才听朋友们说了一些关于他的传奇故事，说他在深圳发了财，一度是个百万富翁，又说他在股市里翻了船，一夜之间成了赤贫，差点发疯，说他离了婚，带着儿子，说他的女友始终忠诚地追随着他……他的命运跌宕起伏、轰轰烈烈。关于他的成功、失败、外遇、婚变，几乎所有的人都异口同词说，阿勇是一条汉子！我知道他的不平静的灵魂，即便是毁灭，也是要挣扎着再生的，就像他曾经说的“这世上的人，都是一个脑壳两只手，谁比谁差？”我相信在他身上还会发生“奇迹”！

果然，不久我看到了阿勇的书稿《外遇档案》。我想，我是他的最早的读者之一吧？多年前他弃笔下海，当他回到岸上的时候，好家伙，今日的他直言不讳：爱就是道德。

我细细看了他的书稿，20个篇章，20个外遇故事。说它们是纪实，又似乎是小说。这和阿勇本来就是一个小说家不无关系吧？现在有一种说法，当假新闻泛滥的时候，小说反而更真实。因此我情愿把它们当作小说来读。在我看来，《醉酒的夜晚酒醉的心》就是一篇很纯粹的小说，男人和女人的邂逅、性爱、飘然分手，夹杂着现代都市人的忧郁、失落、颓废，简直是一篇新《聊斋志异》。

阿勇无意在档案中担当婚姻导师，他只是想呈现活生生的爱的真实。他说，不美好的、不感人的、不动情的外遇他不写。因此他写得很苦，常常是彻夜难眠，写到伤心动情处竟难以自持无法落笔。

说实话，最打动我的还是《难以抗拒的命运》、《情书在心痛时燃烧》、《跟你跟到天涯海角》。不知为什么，我总觉得这三个故事可以连起来读，每一个故事都是前一个故事的延续。《命运》里因为有了外遇而痛苦徘徊在传统婚姻门槛的郑迪，《情书》中为了家庭责任而放弃真爱的男人，《天涯海角》携着忠诚的女友在南方奋斗的赵琪，在这三个男人的身上，显然都有着阿勇的影子。很难说它比其他档案写得好，但是它明明白白充满了真情实感。这是一个男人全部的心路历程，赤裸裸，坦荡荡，令人感动，也令人沉思。

欢乐英雄

好几年前，我的一个朋友死于癌症。41岁，英年早逝。病魔折磨了她四年，期间开过两次刀，做过好几次化疗。

年轻的时候，她在纺织厂做过挡车女工。和所有的老女工一样，她咽过冷饭，上过三班，有过小跑着上“一步楼”的尴尬。她后来搞文学创作，努力和勤奋使她成了一家刊物的副主编。不过女工生活的经历却永远留在她的身上。

她朴实开朗，不矫揉造作。开心的时候，她笑口大开，而且是纵怀大笑，在文人云集的编辑部，她似乎一点儿也不淑女不矜持。她说话时的大嗓门，会让你觉着她还置身在嗓音很高的车间里。有一次她主持一个很隆重的文学颁奖活动，她的漂亮外衣的袖管上套着传统的蓝灰色护袖，流露出她淳朴的女工气质。

她为人处事随和大方喜欢热闹，有很多圈内圈外的朋友，虽然是个独身女人，却没有单身的高傲和冷漠。她爱听女友唠叨家事，情绪随着叙述人的波动而起伏，时而纵声大笑，时而扼腕叹息，仿佛是她亲历。她十分溺爱她唯一的小侄女。说起小女孩的“刁钻”、“尖刻”，她眉飞色舞旁若无人。她还运用她可能的“权力”，帮助一些文学青年涉足文坛，尽管有些人并不怎么感恩戴德，她似乎并不在乎他们的回报。作为一个女作家，她身上更多的还是母性。她有许多口头禅。如果她觉得什么事出意料令人不可思议，她会哈哈大笑，然后说：“咦，怪来！”她说得最多的口头禅是反诘句：“浪费吗？”

有一年的富阳笔会，她是东道主。餐桌上她总是要求我们多吃点，再吃点，要求我们把餐桌上的内容扫个

与倪慧玲（左1）富阳笔会游富春江

精光。如果有谁犹犹豫豫不是“快（筷）如闪电”，她就会管家婆似的说：“浪费吗?”弄得我们欠她情似的，自我感觉差劲透了。后来去游富春江，因为下雨，很多人都没有了雅兴，她有点儿生气，说游艇都花钱租好了，放弃的话，“浪费吗?”就这么一句口头禅，大伙儿都乖乖上了游艇。事后证明，雨后的富春江有它独特的魅力。她病卧在床的时候，朋友们看她，买了罐头饮料，她会说，这么贵的东西，我又不吃，“浪费吗?”俭省的概念在她脑中是根深蒂固的。这与她清贫的出身，女工的生涯是分不开的。

她从不讳疾忌医，主动和朋友们谈论她的病情。听到有年龄相仿者身体不适，她会以身说法，劝她们早日就医。编辑部里，她的笑声也依旧比他人响亮、清脆，源源不断。她因为化疗而头发稀疏的脑袋，扣着彩色的绒线帽，还是那样笑容可掬。大伙儿都说她是“欢乐英雄”。

直至在她的追悼会上，听她的同事小施说，她曾经一个人躲在办公室里号啕大哭过，我闻之而心碎。记忆中的笑声于是就变得苍凉，变得令人伤痛。她显然等待过期待过，等待别人的怜悯和同情。我终于明白，无论你如何坚强如何努力，你永远无法平静地离弃这个美好的世界，你最终将软弱和无助。我为自己失去抚慰她的机会而痛惜。

很久了，她那远逝的笑声仍在刺痛我的心。

不要为她忧伤

和她相识是在一次创作座谈会上，她安静地坐着，齐耳的短发，秀气而灵活的眼睛，她身后的墙上支了一根拐杖。仿佛读了一首忧伤的诗，我心里感到莫名的惆怅。

后来有了接触，发现她谈话机敏，妙语连珠，有时候还很尖刻，仿佛浑身带刺。比如有一个残疾人经常在社会上展览自己的痛苦，以博取同情和捐助，她讥讽为“肉麻当有趣”。还有一个风度翩翩的作家在女士们面前大肆攻击某男士如何好色，如何直奔主题，他说他喜欢纯粹浪漫的诗情。她不动声色地冷笑着说：和那些直言无忌的男人相比，酸溜溜地标榜自己的男人更令人倒胃口。把他呛得哑口无言。她的小说也似乎含有一种辛辣的苦涩，苍凉得让人觉得作者大概有七老八十了，实际的她还很年轻。

也许那条腿，她心的防护墙筑得很厚。她不轻易流露爱心也不接受别人的。一丝怜悯的眼光对于她也是莫大的耻辱，强调她的身体而好心照顾她也许就是对她的伤害。她要求的是一种和常人同样的平等和尊严。

在宁波温泉笔会，我与同她住一个房间。饮食起居，我很少刻意照顾她，我怕伤害了她倔强的自尊。结果倒是她常常来提醒我："嗨，帮帮忙！""嗨，帮一把！"这样的时候我唯恐不及，慢慢的，我们接近起来。

她开心的时候也笑，笑得汪洋恣肆、淋漓尽致。她说她六岁的儿子也经常叱责她笑得太"痴头怪脑"。她告诉我这话的时候，眼中流露出温柔和骄傲，我猜想她一定很爱她的儿子。我后来才知道，那时候的她正经历着一场婚姻危机。

离开宁波温泉的前夕，我们一夜未眠。我们说了好多好多，我们返老还童做了一回口无遮拦的女孩，许多隐藏心头的秘密第一次对人敞开，我们因此都记住了对方。我记住了她孤独的童年，忧悒的青春，还有她不懈的努力。

回到上海以后，茫茫的尘海人世又使我们疏于往来，只是不断地有她的消息传来，说是她到北京去领一项文学奖了，又说她去了文联，再后来又借调到一家文学杂志社，似乎也干得不尽如人意。也听说她的个人生活发生了很大的变故。

她在艰难地跋涉，她果真如她自己所期望的那样，融入了普通人的生活。她没有因为身体的缺陷而退却，也没有向社会上伸手讨一份轻松和施舍。她在努力做一个完整的人。这个世界上有很多貌似健康的人，其实是手脚肮脏心灵缺陷。

一个秋日的黄昏，我和她在市工人文化宫不期而遇。我们找了一家小酒吧，酒吧里有油画，有烛光，还有点儿寂寞。我们要了葡萄酒，说了很多无关紧要的话。我们坐到很晚，很快乐。那晚，我们没有谈自己的生活，我小心翼翼，惟恐挫伤了她的自尊。

最好的朋友也许就是这样，一如恋人，无论暌违多时，见面时无论说什么都不重要，重要的是一种心情默契，让一寸一寸的时光在笑语中轻轻滑过，让一点一滴的醇酒在心头点燃。

分手的时候，她走在前面，踉跄了一下，跌倒了。我赶紧去扶她。我很想送她回家，可她一口回绝了。她义无反顾地转身就走。看着她走到路中央，又跌倒了。前面是深沉的夜。我不敢走近去，我怕她看到我眼中的怜悯。

我后来一直要回忆起这个时刻，我回忆这个时刻是因为我联想到自己。我们每一个人的人生又何尝不是这样，跌倒了，爬起来，又跌倒，又爬起来，艰难又努力。我们在这样的挣扎中坚持了自己的人格。

这以后又是很长的日子没有见面，也没有她的消息。她似乎远离了所有旧友。偶尔的，听说她买了一辆康复车，我想，也许她又有了新的努力目标。

又过了两年，突然接到她的一封来信，说她已于年前辞职，在这期间她去过海南、深圳，那里的情况也不好，现已回沪，在找工作云云。她似乎总是我行我素，做她自己的事，尽管路上有很多的羁绊、曲折。

我又想起那个难忘的秋夜，她独行踽踽的身影。

我想她以后的日子也不会太好过，这不要紧，重要的是充实，是曾经拥有，是继续努力活下去。

我有一本蓝色的笔记本

我有一本蓝色的笔记本，上面记录有全国近百家大小报纸文艺副刊编辑的姓名、联系地址和电话，西有《新疆日报》，北有《天津日报》、《今晚报》，南有《新华日报》、《羊城晚报》、《南方周末》，等等，等等。从上世纪90年代以来，我在写小说之余，曾经为这些报纸副刊写过大量的随笔、散文、读书笔记等，借用夸张的表述，就是打遍全国。这里面不乏在编辑的同意和宽容下一稿两投的，也有编辑自说自话把我已发表的文章，从别的报纸副刊移植到他自己的“三分地”上。自2004年起，我因为眼疾停止写作，这本蓝色的笔记本被我束之高阁。我尽量不去触动过去，求一份心灵的安静。其实我是一头鸵鸟。

这次我把蓝色笔记本翻寻出来，拂去尘埃，旧日的文章和这些文章背后的故事，曾经被我不经意地挥洒，很多样报也已被我舍弃，如今却显现出它们对于我个人的意义。那一张张独具个性的报纸副刊，仿佛一个个亲近的朋友，隐现在我以为忘却的生活中。《解放日报》"朝花"的大气，《文汇报》"笔会"的精致，《人民日报》"大地"的矜持，《羊城晚报》"花地"的雅逸，《厦门日报》"海燕"的文静，还有《今晚报》的海纳百川，《钱江晚报》的江南文气……正是这些具有无限魅力的副刊，吸引着我不辞辛劳地"跋山涉水"去亲近它们，把心灵间流淌的絮语化成文字奉献给它们，并且和编辑这些文字的人们成了朋友、知己、忘年交。还有一些行业报，譬如《上海商报》、《建设银行报》、《中国环境报》等等，也因为编辑的努力，办得有声有色，颇得作家们厚爱，我和我的作家朋友们就经常在这些版面上见面。

记得1996年，我在《重庆晨报》副刊开了一个专栏“上海女人”，责任编辑是女作家漆园子。为了这个专栏，我和漆园子通过很多电话和书信，彼此的心灵走得很近。1997年我去重庆开会，有机会和漆园子见了面，在她家里席地而坐，促膝长谈，有相见恨晚之感。恰逢她编写的二十集电视剧《女人三十》在重庆热播，虽然我无暇观剧，但从电视剧的篇名，还有她为我开设的专栏“上海女人”，我敏感到漆园子对于女性和生活的认真思索。此时的她正在婚姻的门外徘徊。重庆见面，我和漆园子建立了深厚的友谊。1999年我患眼病住院，漆园子恰巧来上海参加一个活动，她放弃了游览的机会，赶到医院探望我，回渝后，又给我邮寄了一套电脑语音软件，她说，“你千万不要停止写作，那样起码对我是一个大损失”。遗憾的是，我让她失望了。五年后，我再次被疾病击倒，我真的停止写作了。天津一家报纸副刊的朋友知晓我再次患病，几次打电话索稿，他说就给一篇旧稿子吧。我不明就里，拖延了很久，在他的再三催促下，我才应约去稿。发稿后他才告诉我说，没什么可安慰你的，

作者和沈扬（中）、江曾培

离得又远，发一篇文章，算是对你的探望吧。我怅然良久，也许对于作家，文字是最好的治病良药吧？只有深交知己才会想出这样的“方子”。

去年盛夏，曾经担任《解放日报》文艺部主任、“朝花”副刊主编的沈扬老师与夫人梅大姐来嘉定探访我，我和他各居市郊两地，相距也有七八十里地，看着他二老热汗淋漓的样子，我心中自有一番感动。我因为眼疾，已停止写作，而沈扬老师也已退休，我和他已经不再是编辑和作者的关系了，我们更可以说是忘年交。沈扬老师是一位老报人、老编辑，有长年编辑文艺副刊的经验，同时他也是一位散文作家，出版有《晴红烟绿》、《花繁七色》等散文集，文笔清丽、质朴，具有很浓的文人气息。我们彼此有很多共同语言，当年他在职时编发过我很多稿子，我非常佩服他的编辑甚至删减。发稿后他都会及时寄样报，甚至关心稿费是否收到。每次收到他签发的样报，浏览那些散发着墨香的文字，我都能清晰地触摸到沈扬老师的职业操守和文人情怀。沈扬老师伉俪来嘉定，坐在我家寒窗下，彼此笑谈这些往事，我心中默默感激命运之神，赐给了我这样一位好编辑、忘年交。我们后来又一起畅游了江南名园“古猗园”，在这个曾经聚集过很多明清文人雅士的园林，我们也领会到文人相惜的古典情怀。

还有一位令我难忘的副刊编辑，这就是《厦门日报》的王松荣先生。我和他有十年的文字交往。他编辑的副刊“海燕”，仿佛一支飘逸香气的兰花，在文人中有很好的口碑。每次约稿或者投稿，我们都会有书信交流，他会细心地函告我稿件的处理情况，发稿后不忘寄上样报，连稿费的签发也会通知我。令人可贵的是，每次寄样报，他都会同时附寄上一页稿件的剪报。看着那如刀切般整齐的剪报，这种既尊重作者又节约资源的职业行为，我很感动。后来，王松荣先生退休，他亦来函告知，我想这个时代已经很难再有如此传统并且出色的职业编辑了，我有一种壮士惜别的惋惜。在文学的道路上，我们相知相助，我们已经是朋友。我还想念那些女编辑：《钱江晚报》的文敏，《解放日报》的朱蕊，《文汇报》的潘向黎，《新民晚报》的杨晓晖，《扬子晚报》的朱淑清……我们彼此既是编辑和作者，也是女友和文友。

我合上蓝色笔记本，合不上的是过去的日子。我的视力已经不能清晰地看清笔记本里的内容，我缅怀那些给报纸副刊写文章的清凉岁月，它们是照亮了我心灵的窗户。我满怀感激，感激命运曾经的厚爱。

文心告白

自我坦露

直至今天，我依旧认为文学是贵族的。我在各种庄严神圣的讲坛上保持沉默。

我觉着我与这一切距离遥远。在种种尽善尽美的场景和微笑里，我常常会觉着自己走错了门。我默不作声地穿梭在优雅的人群中，我内心深处的孤独把我装饰成一个疲惫的漫游者。

漫游在文字和想象的世界里。

文字所展示的世界一开始并不具备童话的美丽。当我学会阅读的时候，由于成人的疏忽，我读到的第一本书是《婚姻法图解》。杀婴、虐待、通奸、私生，种种人类的丑陋因为图解而显得明明白白惊心动魄。它扼杀了一个孩子对成人世界的憧憬。

再以后，在某个假期里，因为一个邻居大女孩的慷慨，我过早地阅读了那些古典的伤感的19世纪外国小说。当那个邻居大女孩在现实世界里演绎出比书本更精彩的爱情故事时，我却失落了我的天真。我变得和父母、和周围环境格格不入。周围是那么暗淡、平庸、令人失望。开学的时候，当父母在灯下，为我和我兄姐们筹措学费时，我却躲在我的小阁楼里默默流泪。

我曾经和一个美丽女孩同桌两年。其间，她经历了丧父的悲哀和母亲改嫁带给她的难堪。十来岁的孩子没有同情心，我和伙伴们一起残忍地玩过大出丧的游戏、喊过她“拖油瓶”。后来她进了一所不太好的中学，听说她早早地交了男朋友，她和她的继父也似乎有点儿瓜葛，只是我看到的她依旧是那么文静和孤独。很多年以后，我从她的生命历程里读到了我童年时代就感觉到的痛苦。我把这一切写进了《仇澜》。从某种意义上来说，《仇澜》

是我对童年生活的祭奠，对我出生的母土，上海石库门老屋精神漫游的情感记录，用以纪念在那幽暗深邃的过道里活着和死去的灵魂。

很小的时候，我就为邻居、为母亲代笔写家信、救济金申请书、乡下老宅的买卖契约啦等等，我还模拟母亲的口吻，老气横秋地写信干预大姐的恋爱。这些成人世界的烦恼、苦楚和悲哀，由一个女孩的稚弱的笔记录下来，这里面似乎有一种宿命的因果。我忘不了他们在我面前坦露的忧愁、无奈和痛苦，于是我害怕长大，并且我很早就懂得生活的沉重、身不由己的悲哀。这也许是我写作生涯的准备期，它注定了我作品的忧郁气息、人物命运的悲剧结局。

我从小生活在一个兄弟姐妹俱全、充满感情竞争的家庭里。我曾经抱怨母亲有所偏爱给我很少。后来长大了，有一天，母亲当年最宠爱的孩子忽然对我说，妈妈对你最好。于是我明白，母亲其实给了每个孩子同样的爱，她也给了每个孩子同样的疏忽。在我所有的作品中，母亲的形象似乎不那么可爱，这是我对母亲的亵渎。因为我期望过很多很多，生活却永远不能弥补了。

我和我父亲更是格格不入。父亲不苟言笑，生活的重担又使他对子女怀有厚望。他按照他对传统女性的理解要求我规范我，吃相、睡相、坐相，一举一动他都有讲究。他用巴掌和无情冷漠的眼神使我学会收敛和节制。他从来没有抚摸过他的孩子。他并且杜绝我看他认为无用的“闲书”。我后来看《红楼梦》，我觉着他和贾政如出一辙，尽管他仅仅是个穷汉子。我感慨传统的力量和中国文化的浸淫是如此深厚。

我曾反抗过，也曾在父亲的怒斥下夺门而出过。当夜色渐浓时，我在家门附近徘徊，我看到父亲寻觅的身影听到他唤我的小名，我流泪不止。即使是在这个时候，我依旧不觉得他对我有什么好。我甚至还产生过一种幻觉，觉得自己不是父亲的亲生女儿，我本能地疏远他。一直到很久以后，在我失去他的时候，我才明白他对于我的意义。我重新理解父爱的严肃、真实和沉重。我痛感自己的无知。这使我陷入一种无法摆脱的怀旧。过去的一切又栩栩如生，仿佛一个无尽的深远的梦，它们萦回在我的作品中。父爱是一道解不开的人生情结。

“文革”使我走出了课堂。我先是浏览街头大字报，十里长街琳琅满目的大批判专栏成了我最好的人生课堂。我到过复旦、华师大、外语学院，大学生文采斐然的批判文章令我流连忘返，我跟他们要来一本本批判“黑书”、“黑戏”、“黑电影”的专辑，我还循着专辑开列的书目通过秘密的地下渠道，想方设法去借阅，我辜负了专辑编者的厚望。那时候，最好的朋友就是能借书给我的人。我的初恋的情人当年就是用书俘虏我的芳心，成了我的先生。这样陈旧古典的爱情今天似乎已经绝迹了，起码我的儿子在他成人以后就不会用这样乏味的方式去博取女孩的欢心，他们也不会理解在那阴暗的日子里，年轻男女的心灵悲哀。

我在那样的年代里开始我最好的文学熏陶，这有点儿荒诞不经。这是我一生中看书最多的时期。书，长河似的在我手中静静流过，托尔斯泰的，契诃夫的，莫泊桑的，艾米莉·勃朗特的……今天，当我面对长达二百五十万字的《追忆似水年华》望洋兴叹时，我才明白年轻时候的狼吞虎咽的豪气已经不复存在。

我们不能说如果，如果不是“文革”停课停学，我能有那么多的时间、精力去看那么多的书，以致后来走上文学创作的路吗？生活中没有如果。我只能说是歪打正着阴差阳错，更体面的说法是殊途同归。

1968 年 9 月，闲荡在社会上的 66、67 届中学生，突然面临农村和工矿两个去向的命运，在一大部分同学被抛向广阔天地的同时，另一部分则进了工厂，开始了他们漫长的工人生涯。我是后者。

我曾经对单调、粗糙、冷漠的工厂生活失望过。失望是因为它的单调、粗糙、冷漠。有一次我看人吵架，人们吐出的污言秽语令我脸红耳赤；还有一次自己参与口角，被对方铺天盖地的谩骂呛得哑口无言泪流满面。小布尔乔亚的自我欣赏使我重新走进孤独。

很久以后我才体会到工厂生活的精彩和魅力。和书本世界相比，它同样充满悲欢离合爱恨情仇。

我曾经目睹一个漂亮的小女工，在那灰色贫困的年代里，为了追求美丽的衣裳竟至失去了健康的青春，它给我《项链》式的悲哀。它后来成了《衣飘飘兮袂举》的最真实的细节。

我也看见过一个50年代的女高中生，当年毅然放弃巨额家产来当一名普通女工，长年的工厂生活，不如意的婚姻、贫困和疾病使她变得泼辣、粗俗和斤斤计较，大家闺秀的风韵荡然无存。它给我世事沧桑的感慨。更有和我同龄的一代工厂知青，他们的恩恩怨怨常令我午夜梦回。

我还目睹过死亡，美的毁灭、青春的自戕。

80年代初，文坛的摇滚唤起我潜藏心底的梦。

默默地在文坛上耕耘多年，我努力、失望、挣扎，我多年里的心路历程远比我的小说更为精彩。当我写完《走向辉煌》时，我明白，我已经永远不会辉煌。我想起那个代笔替别人倾诉苦恼的小女孩，我心里有一种宿命的惆怅。

我写过城市、乡村、爱情和死亡，唯独没有写过工厂。

是不是我最好的年龄给了工厂，我的青春、爱情。

我无法回答，我是爱它还是恨它。

只是有些小说里的粗俗的工人形象深深地刺痛了我。它们唤起我血液深处的难以诉说的家属情结，仿佛是有人羞辱了我，或者说是羞辱了我的家人。

我曾经在子夜时分，在夜大街上踯躅独行，我听到工厂人们对我的呼唤，我还看见死去的朋友飘忽而逝的倩影，忧伤而不失希望，懦弱中有抗争的弧光，历经坎坷而又生气盎然。

难以割舍的归属意识，无以拒绝的血脉相连，撞击着我怯弱的灵魂。

《欲望的舞蹈》讨论会

有一天，我终于明白我别无选择。那是在我走上文坛的第九个年头。工厂生活对于我，将永远是精神深处的家园，青春情感的空间，纷繁人生的永恒背景。我终于用自己的笔，写我所熟悉的工厂和工厂里的人们，尤其是和我同龄的一代工厂知青，为了他们不再苍白，不再丑陋，不再傻哩吧叽五大三粗。于是有了《厂医梅芳》、《蜜枣》、《欲望的舞蹈》、《迷巷》、《梦中锦帆》、《早晨的陷阱》，也许还会有别的什么。

我感到我与工厂、工厂的人们产生了一种新的神秘的共鸣。于是我努力地走，我看见了亮光，安静的、温和的、有些神奇妙的亮光。

我不再孤独。

1992 年 4 月

生活的馈赠

1968年，因“文革”而闲荡在社会上的66、67届中学生，大部分被抛向广阔天地——农村去接受贫下中农再教育，另一部分则进了工厂，开始了他们漫长的工人生涯。

我是后者。

一年一年的过去，我们也都变老了。

回首往事，与我一起进厂的120个学生，留存在那里的已经不足半数，许多人找到了他们生活中应有的位置，永远地离开了工厂，但他们会发现他们的履历中最精彩的依旧是工厂生活。有位在评论界颇有名气的青年学者看了我的诸多小说后说："我最有兴趣的还是你的工厂系列，它使我想起那些熟悉的人和事，想起那最宝贵的青春的十年。虽然现在的职业、经济条件都比那时好，但反而更能生发那种对流逝岁月的追忆之情，我甚至做过返归的梦。"

留在工厂的知青有的在生产经营中已独当一面，有的参与了工厂的决策层，担当起负责这家大型企业的重任，而那些碌碌无为者，平庸无奇的生活磨蚀了他们最后一份雄心，他们在现代生活的种种窘迫中获得某种悲剧的意义。

120个年轻的生命，120种青春和追求，他们的生死爱恨、恩恩怨怨时时梦萦魂牵在我心头。对一个在其间生活了二十多年的如同家园般的环境，我很难用爱或恨这样简单的字眼来表达对它的情感。就如同那个青年学者一样，当年义无反顾地离开了工厂，后来却又做回归的梦。我很理解他内心深处那解不开的情结。

每每看见别人的小说，看见小说里的工人形象，粗俗、低能，在美丽高雅的女主人们的映衬下，充其量是心地善良头脑简单的护花使者。我看这一些的时候，我心里有一种深深的刺痛，我知道生活并不是这么一回事，我知道很多优秀的灵魂，他们在生活中的挣扎、努力，远比小说更为精彩、真实。在创作中经历了一段困惑和迷惘后，我终于把笔触伸向了工厂知青这块特别的土地。

轰轰烈烈的上山下乡运动诞生了知青文学和知青作家，在同样的历史背景下，同样无可选择地走进工厂的那一大批知识青年，他们的希望、努力、痛苦和欢乐，他们的命运，我认为可以作为知青文学的一部分，或者

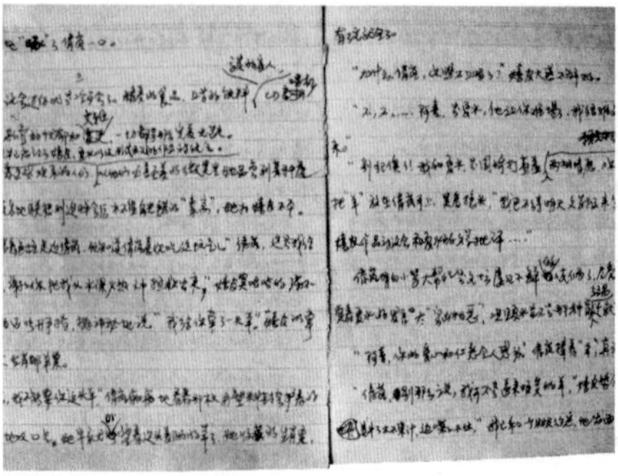

作者手稿

说是知青文学的补充而加以开拓、挖掘。这是知青文学的一块新地。对于作家而言，这同样是一口创作的深井。

我创作的《衣飘飘兮袂举》是我认真写工厂知青生活的第一篇，但有意识地去开拓这块领域，却是从中篇小说《厂医梅芳》开始的。梅芳的生活原型是我女孩时代的挚友，她以死抗争的性格震撼了我。我曾在黑夜里哭醒，写她的愿望始终盘旋在心头，却不敢提笔，只把她善良的灵魂，把对她的情意沉淀心底。直至有一天，偶然和冲动，我含泪提起了笔……

《上海文学》把我的工厂知青小说向读者作了热情的推荐，而在我困难的时候，《萌芽》杂志董事会对我伸出了友爱的手，在经济上帮助了我，使我得以安心创作。还有许多编辑、朋友，包括上海作协的领导，都对我创作的工厂小说表示了关注和支持。最大的鼓励来自工人读者，他们自发地对我的作品组织讨论，表示赞赏，提出希望。所有这一切给了我勇气，我唯有努力。我又创作了《蜜枣》、《欲望的舞蹈》、《迷巷》、《梦中锦帆》等一系列反映工厂知青，尤其是工厂女工生活的中短篇小说，我穿越了工厂有序生活的表面，着意刻画人物隐秘的内心和丰富的情感生活，虽看不见，却时时左右着他们命运的特定的文化氛围。

这些小说中的人物全都有生活原型，她们就生活在我的周围，其间也有我自己的人生体验和情感因素。可以说，我和我作品中的人物息息相通，生死与共。

还是应了那句真理，生活是创作的源泉。

我感谢生活。

1992 年 5 月

寻找和超越

有时候我会想，是不是可以把我的小说称为情感小说？因为我所有的小说都是探索人类情感的。从少女到老人，从男人到女人，所有的人，他们的情感缠绕着、攀沿着岁月的大楼，装饰了我们的城市，也充盈了我的小说。

城市是有序而杂乱的，小说是真实而虚无的。

我曾经看到这样的故事：一个身患绝症的男人为了求死，不惜嚼舌自戕。而他的女人为了挽留他的生命，拔除了他的全部牙齿，她情愿花费时间把食物剁碎或煮烂，然后强行喂食。在以后的岁月里她数以千计地努力和死神搏斗，维护、挽留她的形同植物人却又思维清晰、渴求死亡的男人的生命。她慢慢地青春老去却又千年不悔。

撇去一切的道德评判，这样的故事令我震撼。我把这样的故事看作是一场战争，一场求死不得、求生不能的战争。我想假如我是这个男人，我决不会感激女人。我在这样的故事中思索生存和死亡的意义。

生和死，它们应该庄重、自然、充满人类的尊严。我想情感的诞生和泯灭是不是也这样？这样的思索浸淫在我的小说里，对存在的思索。在这样的思索中我听到一种召唤，存在本身的召唤，一种要揭示生活之可笑和荒谬，一种对自身的寻找和解读，这样的愿望在我心中油然而起，于是我就去虚构我的小说。

我曾经写过《欲望的舞蹈》等一系列反映70年代工厂女性的小说，从某种意义上来说，它们不是传统意义上的工厂小说（需要指出的是，在我们长时期的宣传中，工人的形象被概念化和粗俗化了）。

在上海各种社会阶层中，工人始终是一个复杂和丰富的阶层。三四十年代的上海曾经拥有中国最大的产业工人队伍，他们中的有技术和文化、收入较高的一部分在上海欧式文化的熏陶下，也比较注意服饰和打扮，下班后女的穿旗袍，男的穿长衫，他们也有交际，也参加业余教育等等。我当时所在的工厂，有些老工人还会说洋泾浜英语，我从他们那里最早听到旧上海十里洋场的传奇故事，他们目睹了30年代上海东方巴黎的繁华和辉煌，他们知道什么样的生活是有品位的文化的。在过去的时代，他们在生活方式和观念、趣味上已经置于上海都市市民文化的辐射下了。当1926年邹韬奋在上海办《生活》周刊时，就有意识地吸引知书识礼的“工人中的市民”，注意这样的读者群。

然而市民文化的底层，那种东家长西家短人言可畏、小市民的自私和庸俗，也悄悄地腐蚀着城市的生存环境。《欲望的舞蹈》中描写的70年代那些年轻、漂亮、诗意的女工，或者说是工厂知青，就是在充满小市民习气的世俗中走向现实和流于平庸的。城市的世俗对于女孩，犹如婚姻对于女性，它使那些美好、清纯、飘逸的女孩变得成熟、世故、冷漠无情，她们在社会这个充满男性欲望的世界里，失去了女性最自然的本色，甚至生命。我觉得以工厂为背景，以石库门里弄为舞台的小说，是最真实、最日常的上海市民文化的反映。

追根溯源，小说的产生似乎也是源于市井。然而我不能说，我在创作的初始就已经意识到或者说找到了这样的定位。《欲望的舞蹈》等小说并不是我的早期作品，却是我迄今为止最重要的作品。

我在这个城市的石库门老屋里出生和长大，我目睹许多卑微的生命在这个城市的深处，在贫穷和拥挤的空间挣扎和失败，在机器流水线上操劳和麻木，催人泪下、痛彻心扉的努力，那些细小而深刻的悲哀，它们奠定了我写作的情感基础，沉重、悲悯、绝望和希望。

当我在小说中触摸这些平凡而琐碎的日子时，我诅咒这个城市的无情和冷漠。我不知道我其实是在寻找自己，寻找城市的感觉，不知道正是这些渺小的灵魂和微不足道的人生支撑起我们城市的传奇和庄重，也支撑起我的创作生命。当我在小说中叙说那些艰难人生时，我其实是在释放我内心的冲突和困惑。我们每个人的内心冲突，其实是个人和外部世界冲突的延续，或者说是相互融会。心的宇宙和自然的宇宙同在。

当我缺乏这种感悟的时候，我曾经逃避城市。在我的早期作品中我曾经把我的笔触伸到我所不熟悉的乡村，我在那里寻找田园的安慰，我甚至逃避工厂，逃避流水线的枯燥。我其实逃避了城市的真实和流水线后面流逝的沉重人生。

然而，居住在石库门里的老人，他们凝视着这纷繁世界，他们的苍凉和苦涩，尤其是我的老父亲，他离开人世的时候，他缅怀的目光令我震撼。从童年时代起，我就是家里的叛逆，我却在父亲临终的目光里读到我自己。

还有我的女友们，在世俗的卑鄙中屈服过抗争过，她们在流逝的岁月里呼唤我。我参与过、遭遇过这些平凡人生的艰难和痛苦，我们互相温馨也互相伤害。

那种缅怀的目光，那种呼唤，仿佛漫漫长夜中的星光，微弱而又铭心刻骨。我就是在这样的时刻找到了我的定位，我要创造的文学世界。这就是“工人中的市民”，他们的生存环境和他们全部的挣扎和努力，于是就有了《欲望的舞蹈》等一系列小说。我并且以我的纯粹个人的叙述方式，用第一人称“我”来参与和制造小说的情景，我伴随着我的小说人物，那些美丽活泼的女孩，在这个城市的底层，在工厂的电工间和机器旁，在陋巷深处，我们一起从幼稚走向成熟。在动荡的生活中，有的人存在着，有的人却永远消失了，无论是活着的还是死去的，都失去了我们生命中最好的岁月和本色。

在小说世界里，我心爱的工厂女孩，她们曾经希望也曾经磨难，那种平凡而个人的伤逝，那种铭心刻骨的伤痛，在无望中留恋生活。她们具有了一种西西弗斯式的悲剧意义。我在解读这些美丽女性的过程中，在她们西西弗斯式的努力中，寻找到自己并且发现了生存的意义。青春的记忆和努力照亮了我们一生的道路。

尼采说，“每个人和他自己之间的距离最远。”我却相信我找到了自己。因为我感悟到了写作的力量，我在世俗的成熟中找到了纯粹的生存方式，幼年时代积淀的情感，那种沉重、悲悯，有了坚实的载体。写作成了我生命的另一种存在。

城市依旧喧嚣和生气勃勃，新的生命、新的欲望又在高楼后面在新的旗帜下蓬勃发展。

我永远无法自信地说，我了解了我们的城市。90年代的开放和发展，使我们这个城市充满了冒险、机遇和污染，同时也充满了生气、文明、支柱产业和正义。

作为一个城市的居民，我们曾经很少把自己看作城市的主人。我们永远认同自己的籍贯，我们在填履历表的时候，毫不犹豫地把乡村认作自己的故乡，尽管我们对城市一往情深。无论我们到哪里，支内、插队、外出求学，我们总要设法回到城市，尤其是我们曾经居住过的城市。曾经沧海难为水，我们的灵魂已经不属于乡村。我们生在城市，长在城市，如果不是“文革”中的插队生涯，我们这一代城市移民的后代，已经离祖先的土地很远很远了。

然而我们的父母曾经是农民，我们的祖先曾经是农民，于是就有了寻根文学的喧嚣。对于城市而言，我们仿佛成了无根的过客。我们永远在假想的故乡和城市之间选择，虽然我们已经永远无法再回到乡村。整整一代知青作家，他们就是以逃避城市、回归乡村的方式走上文坛的，直至今天他们中的有些人依旧在乡村的田园里寻觅灵感，尽管他们从来就不属于那块土地，他们虚假地唱着“有个姑娘叫小芳……”写着杜撰的乡土文学。也有由乡入市的作家，和这样的作家相比，那些出生城市的血统城市人，假如他们文学的视角不重新面对城市，那么他们就会失去创作的潜力。

农民纷纷涌向城市，新移民随着商品经济的大潮登上都市舞台，各社会阶层在经济市场化的过程中相互渗透、蜕变和影响，呈现出和以往不同的个性和价值。同时，欧洲有许多上班族宁愿长途往返，居住在远离城市的小镇上。每天早上和黄昏，上下班的小汽车如潮似涌在公路上疾驶，与其说他们是在回归乡村，不如说是在寻求一种生活方式。

在这样的巨变中，我注意到一些上升到较高阶层的旧日工人，他们蜕变成企业家或者文化人，他们历尽的艰难和他们的成功困惑着他们依旧平民的心灵，他们狭隘的胸怀承载不了他们所担负的责任和道义，他们努力、勤奋、好学，他们是同时代人中的佼佼者，他们又是自私、冷漠和铁腕的。他们令女人生爱，又令女人失望。我所描述的这些，正是我的小说《纪念》里的情节，它们是虚构的，又是真实的。

和我以往的作品相比，《纪念》叙述的似乎是男人的故事，然而我关注的依旧是女性命运。在《纪念》中，那种美丽感情的发生和死去、它们在女主人公的心里永远保持了一种纪念和骄傲，她无言地沉默着，庄重着。她和我作品中所有的女性们一样，在没有理性的浪漫故事里描绘和编织自己的故事，她们注定要得到一切：童贞、爱情、生命，她们又注定要失去一切。可贵的是，她们在失去一切的时候，并没有失去生存的尊严。她们内心深处炽燃的热情和宿命的伤感，在暗夜里闪烁着灿烂和纤细的光亮，凄美而令人痛心。

男人在这样的伤逝里英雄而又冷漠。他们为了自己内心的目标一往无前义无反顾地前行，他们这样渴求辉煌的欲念可以追溯到上下五千年。城市的开放给了他们机会、冒险和艳遇，他们踌躇满志而内心空虚。

我联想到第二次世界大战后的美国，在完成了经济市场化的进程后，随着经济的发展，美国人的生活方式呈现出一种崭新面貌，交通工具和通讯工具的便利和广泛使用，人的活动自由度的空前增大，各种家用电器的普及和游乐场、赌场、夜总会的出现等等，为人们提供了各种服务和娱乐，避孕药的发明使人们无所顾忌地追求性自由，所有这一切都在撞击着传统的道德伦理和价值观念。1953 年，美国《花花公子》的出版和发行，以及它所产生的巨大影响，更是界定了某种新人的形象：一个愉快工作的人，一个智慧的人，一个有审美能力的人，一个能够敏感并且充分享受生活的人，成功和高雅的享受是“花花公子”追求的目标。这种撞击在反叛的同时，也带来了价值混乱、道德沦丧等等的混乱和无序，它带来的欢娱、自由和痛苦、绝望的空气，似乎也在今天 90 年代的中国悄悄地弥散。

《纪念》中的男主人公的自私和无情，是那么恰到好处、了无痕迹，连同他的成功和辉煌。当他在我的小说中日益丰满和形象的时候，我被这样充满时代气息、复杂的铁腕人物，被他的阳刚和阴暗、精致和虚伪所震撼，我甚至觉得我的笔触无力承载这样的灵魂。然而他又是那么真实，他促使我不顾一切地去描述和体验，深入到他的内心。这样的过程是艰难和沉重的。我感觉到一种超越的痛苦和兴奋。

我改变了叙事方式，我以一个女性的视角，以他人出现，我不再是《欲望的舞蹈》中那个“我”，不是那个从年轻走向成熟、由单纯变得复杂的女孩。我挣脱这样的叙事方式，经历了长达三年的努力，我写过《四季风景》(《收获》1992.4)、《横越》(《上海文学》1993.2）等以第三人称叙说的中篇小说，然后才有了成熟的《纪念》。我在这样的努力中超越了那个沉湎于旧事的执著的青春的“我”，我成为“女人”。在《纪念》中，我在完成女主人公纪念的同时，我觉得内心的伤害和隐痛似乎更甚于纪念。它成了一种对美丽生命的祭奠。

《纪念》与《欲望的舞蹈》等作品相比，我也改变了我的叙说语言。假如将《欲望的舞蹈》的语言比做一个女孩，那么《纪念》中的语言就是一个成熟女人。前者更活泼更单纯，后者更文雅更深沉。我曾经用明快、质朴和诗意的语言，叙述一个个沉重而希望的人生，那种流畅的语言犹如活泼的生命，冲破规范的文本和现实，承载着庄重和荒诞。小说在语言的照耀下具有了不同寻常的文化内涵。从某种意义上说，这是一种“本我”的语言，它和“我”内心的渴望、奔腾的激情和不可遏止的生命活力是融会一体的。这样的语言经历了长期的摸索，寻找语言的过程也是寻找自己的过程。

《纪念》中的叙说语言是对自己的一次割舍，或者说是对自己的革命。我和女主人公若即若离又同心一体，我们都不再年轻不再单纯，可我们依旧心存渴望，依旧是爱情这块“麦田”的守望者。我们沉默着，自尊着，无言地骄傲着。我的叙说语言呈现出一种优雅和深沉，我在这样的语言中找到了超越自己的力量，我藉以飞离这烦恼尘世抚慰自己的灵魂。

作为一个沿海开放城市，上海和北京相比，似乎更多一点儿市民的意识。这个城市有太多的精彩和故事。我为自己是这个城市的居民、并且是这个城市的作家而感到骄傲。我将睁大眼睛，关注我的小说人物，关注他们在改变这个城市的同时，他们灵魂的升华和沉沦，他们得到和失去的一切。

1995 年 11 月

现实的天空

在一本关于旧上海的图册里，在它的扉页上写着这样一句话：上海曾是一个完全不同于其他中国城市的大都市，这个城市中的若干建筑是外国人为外国人而建造的。

这是30年代的上海。凭借着租界所提供的文化资源、经济依托和自由气氛，上海成为中国受西方文化浸淫最深的城市。曾经有一段时间上海租界的人口甚至超过了华界的人口，中西文化的融合培育了人们崇尚自由的精神，它“自然地”构成了上海文化的主体，形成了具有现代文明意识的市民阶层。只是在以后的很长的时期内，这种工商业文明培育的城市人格和市民精神似乎中止了它的发展。它悄悄地沉睡在小巷深处。

半个多世纪以后，国际金融再次抢滩上海，万商云集，都市化大潮汹涌而来，上海迅速地重新“自然地”再次发生了这种文化的复苏和融合。

新的生命、新的欲望又在高楼后面在新的旗帜下蓬勃发展。城市充满了冒险、机遇、环境污染，同时也充满了生气、文明、支柱产业和正义。各社会阶层在经济市场化的过程中相互渗透、蜕变和影响，呈现出和以往不同的个性和价值。这一切撞击着传统的道德伦理和价值观念。它带来欢娱、自由和痛苦。

在那些貌似辉煌的气氛中，在骚动和喧嚣中，更多的是普通市民们的人间故事。令人感动的是，我们这个城市的慈善事业，慷慨解囊的大多是普普通通的、甚至是囊中羞涩的市民。

当我在上海这个城市里穿行时，那些平凡的、年轻的和不年轻的人们，他们在这个变得通俗和现实的城市里，描绘和编织的故事，令我感动。这些故事里有浪漫也有真情，更多的是现实的人生。人们在城市文明的旗帜下，独立地勇敢地前行。无论是悲哀还是快乐，无论是过去还是现在，人们在寻找自己。这样的寻找是平凡而个人的，发人深思的。

即便是那些黯淡岁月里的故事，那些简单的折痕里隐藏的故事，仿佛林中的山涧，平凡地流逝，历尽劫难涓涓不息。它们镌刻在山崖上的人生，细小而深刻、美丽而凝重。在这样的岁月里，微薄的希望仿佛城市旧楼里的漏光，在时光的摇曳里顽强地闪烁，仿佛一切还没有过去，还在静静等待。在种种的努力里，无论如何伤逝如何流泪，都无法湮灭那种光亮。那样的光亮里还有期待还有挣扎。所有的显赫和华丽在这样的光亮里都显得苍白显得简单。

我注意到这样的光亮时，我悟到平常的生命里永远开放着瞬间而逝的美丽火花，黯淡的日子里也有身体也有心。我感到深深的震动。我抚摸过去的岁月，仿佛抚摸被雨丝淋湿的书本，那蜷曲的书页和边角，它已经无法熨平，但是它维系着一种心情一种骄傲。它们昭示了生命存在的意义：普通、庄重、恒久，这样的昭示支撑起我对人的信念和爱意。

这是城市自己的故事。

面对城市，面对别人和自己的命运，无数的挣扎和努力，还有逃避、向往、亲和、背离、抱怨……我们已经无法拒绝。这是我们的生活，我们的空间，我们的语言，我们生存的呼吸。尽管在我们的档案里，那些某某乡、某某村的籍贯地名还在迷惑着世人的眼睛，其实一切早已尘封、遗忘。我们亲眼目睹的永远是现实的天空。

1998 年 9 月

关注屋檐下的日子

我是上海石库门的孩子。当年父亲和母亲结婚后就在上海石库门里开始了居家日子。母亲生我是在自己家里，我出生的前夕，楼下客堂的孙家姆妈还在楼梯下大声喊母亲，邀她搓麻将。我生命的混沌和上海的市民生活仿佛梦中梦，交错缠绕。窄小的弄堂曾经是我童年时代飞翔的天堂。

二十多年后我结婚离开了石库门老屋，但是每每走过弄堂，看见相似的石库门老屋，我会不由自主地驻步凝望，我知道在那甬道的尽头是光线暗淡的厨房，还知道顺着那幽暗的弯弯曲曲的木楼梯走，在亭子间门前，有一个小小的平台，我恍惚看见我和兄弟姐妹们在那里奔跑的小小身影，还有母亲大声的呵斥。我深深地感动。于是我知道了我的魂、我的心灵都是石库门的。我不可抑制地关注和眷恋着石库门老屋里的人生，关注着屋檐下那些世俗而亲切的日子。

有一天我开始写小说《屋檐下的河流》，开始对石库门的精神漫游，它容纳了我所有对上海里弄生活的思索，这是一次不同寻常的访问。或许因为我最深的记忆

作者重回石库门老屋

是关于童年，在这次精神漫游中，带领我重返石库门的也是一个孩子。感谢孩子，借助他奇异的目光，我透过石库门老屋现在的困惑，寻找到和过去相通的日子。假如有人问我上海是一个什么样的城市？这篇小说就是我的回答。

也许有人会说你写的只是一条弄堂，甚至只是一个底层市民家庭的哀乐。但是我想，我找到的是一种审美的形式，而不是故事，或者说是我的城市。在这个形式里，有很多文化的东西，因为这个家庭，因为这些琐碎的日子才凝重起来。

有人认为《屋檐下的河流》描写了穷街的生活，我绝不认可。我在触摸那些小人物的时候，从来没有涌起过怜悯、同情之类的感情，我只是在寻找，寻找一种认同的方式。我内心充满了虔诚和热爱，在窄小的弄堂里，我重新有了童年飞翔的感觉。我甚至惋惜现代城市的改变打碎了石库门的尊严和理想。人们离开石库门老屋，离开沉积着百年沧桑的弄堂，成为城市的浮萍，我无法想象，有什么可以替代他们的失去？那种自由的洋溢着勃勃生气的市民精神，曾经在很长的日子里，在持续的贫困和禁锢中，在上海里弄里艰难地存在和延续了下来。没有了它们的熏陶，我们这个城市将和很多新造的城市一样，沦为千篇一律的快餐。

小说中的那个男孩，当他从梦中的河流上岸，他醒来的时候发现自己已经长大成人。我写完《屋檐下的河流》，觉得自己也老了。

1999 年 6 月

我，自己的车，和《汽车城》

四年前我为了创作长篇小说《汽车城》，赴北京采访搜集素材，遇到几位在汽车界名闻遐迩的新闻记者，他们开着私家车转战京城的二环、三环，不时玩一把飙车，颇为潇洒。他们揶揄上海的蛤蟆车（助动车）是上海一绝，说是怎么看都不明白，究竟是自行车还是摩托车？在上海汽车集团的北京新闻促销会上，京城记者们略带幽默地将了主办者一军："你们到处吆喝，上海人自己究竟买了多少桑塔纳？"当时上海的私车牌照高居十万元以上，私人购车确实少有人问津。

当然玩笑归玩笑，这些记者们最关心的是“轿车何时进入家庭”？他们奋笔疾书中央，到处奔走呼吁民间。从19世纪末，德国斯图加特街头出现了第一辆奔驰轿车起，轿车工业就托起了一个又一个国家的经济腾飞，汽车文明改变了人们对速度和距离的概念，进而改变了生活和文化的形态，甚至可以说它推动了民主的进程，汽车成为20世纪最显著的工业文明的象征。由于种种的原因，中国的老百姓在百年的轿车发展中，与轿车文明擦肩而过。“中国还要错过多久呢？”在宾馆的客房内，这些记者们深夜长谈，忧心忡忡。

这样的发问引起我的深思和共鸣。

我至今都忘不了60年代，上海弄堂里每每有新娘子嫁过来的时候，一部婚车——上海牌轿车引起的轰动和羡慕；70年代我儿子出生的时候，丈夫喊了上海牌轿车（出租车）来医院接我们母子俩，那车停在娘家的弄堂口，左邻右舍的婆婆妈妈都来观瞻轿车，抚摸婴儿，一片叽喳声。那种生命的喜悦和张扬我永远难忘。我深深地感动。

我是上海石库门的孩子。窄小的上海弄堂曾经是我童年时代飞翔的天堂。我不可抑制地关注和眷恋着上海石库门里的人生和文化，关注着屋檐下那些世俗而亲切的日子。当我在电脑前为长篇小说《汽车城》苦思冥想的时候，我不由自主最先描绘的，正是石库门里的市民生活，它们成为《汽车城》这部小说最早的历史背景和城市底蕴。而那些汽车记者们的一次次发问成为我灵魂深处波涛汹涌的激情。

我在写作《汽车城》的过程中，并未简单地把它看作是一座轿车制造工厂。我没有按照一些朋友想象的某种思维模式来构思这部小说，我已经习惯由着我小说中人物的悲欢离合，由着他们人生际遇的跌宕起伏，来编织小说的经纬和故事。赢得读者喜爱的中篇小说《屋檐下的河流》、《厂医梅芳》等几乎都是由人物自己的命运来完成小说结构的，《汽车城》创作也是这样。我没有简单地把它当作“工业小说”或者“改革小说”来写。

我觉得把某种理念，先入为主地注入自己的作品，那么你还没有动笔已经注定失败了。其实这是写作的常识，无需我来赘述。

上海的轿车工业和规模宏大的一汽、二汽不一样，它是在20世纪30年代老厂的基础上发展起来的，它的汽车零部件企业散布在全市各个角落，甚至就在上海弄堂，某一栋石库门房子里。因此我在写作《汽车城》的时候，我是把它作为一座城市来描绘的。

上海是一个奇异的平民化的城市。开埠百年，它始终是中西方文化交融荟萃之地。就说轿车吧，它是中国最早拥有私人牌照轿车的城市，是最早出现出租车的城

作者与《人民日报》高级记者林钢

市。在 30 年代，上海就有了自己组装生产的德国奔驰汽车了。发达的工业文明和商业文明在上海培育了中国最早的市民文化。轿车似乎是这种文化积淀最好的象征。“叫出租车去！”六七十年代拥挤的公交车上常常有人这样互相揶揄。旧的黑白电影里冷不防冒出这样一句市声，也会勾起老上海的亲切回忆。

50 年代末，当长春一汽开始建造元首级的红旗牌轿车时，上海刻意制造的却是层次较低的上海牌轿车，它填补了闭关时期公务车和出租车的用车空白，从某种意义上来说，它是平民的。80 年代末，中国的轿车工业方兴未艾，当人们为“洋鬼子”们（合资伙伴）近乎苛刻的质量要求和管理方式愤愤不平，甚至以民族志气予以谴责的时候，“小弟弟”（上海轿车业）却一丝不苟、老老实实地引进和实行了国外先进的质量标准，后来居上，终于在全国八大轿车工业基地中独领群雄。可以说，上海轿车工业所以能够成功，就是因为上海是城市精神资源储备最充足的一个城市。

理解和赞美上海的城市精神，我觉得轿车是一个比较好的象征。轿车是一个内涵非常丰富的东西。在它的诞生地欧美，轿车的意义更多的是交通工具。它甚至和服装一样，充满了时尚和流行的概念。在我国，由于种种原因，它的内涵却比较复杂。它在19世纪末进入中国之初，就是达官贵人身份的象征，因此新中国成立后一旦工农兵当家作主，它的销声匿迹似乎也在情理之中。在“文革”时期它更是成了资本主义、修正主义的象征。因此在80年代中期，当上海率先引进外资生产轿车的时候，它作为政治概念的载体，立时就充满了争论和非议。合作双方在质量观念，企业管理模式上的冲突以及文化理念的碰撞上升成政治观念的对抗，是妥协还是斗争，是让步还是固守传统，中方各阶层由此而引发的争议，从皇城根下到边远农村众说纷纭。一时间，轿车工业的发展成了各种思想观念激烈冲撞的场所。在如此的冲撞中走过来的汽车人，他们的人生悲壮而扣人心弦。

作为一个生活在汽车行业30年的业内人，我目睹和亲历了这个过程。我觉得我有必要把一个中外合资的汽车厂当年它如何近乎悲壮地摸索着开辟出一条前所未有的大道，把这样的过程忠实地艺术地再现给读者。这样的大道前面还有坡度和拐弯，还有无数人生故事。

现实提供了远比虚构更精彩更丰富的背景，那些站在开放前沿的汽车界的精英们，他们的身上涵盖了上海这个最奇异城市的内在精神，他们用生命痛苦而痴迷地铺就了轿车车道的同时，也铺就了自己的人生车道。车的命运，城市的命运和人的命运深深地纠缠在一起，一起在历史的进程中迷茫和努力。我被自己小说中的人物深深吸引。

也许是年龄不饶人的关系，我已经不会狂妄地称自己的小说是最好最棒的，即便我心里常常有一点自傲。但是我可以十分自信地对读者说，《汽车城》是一部非常好看的小说。假如你对上海这个城市怀有好奇，怀有一份亲近的心情，你对这个城市的变化有一点点恍然和向往，假如你和那些汽车记者一样，对汽车文明心醉神迷，一样感慨“中国还要错过多久”，相信你会在《汽车城》里抚摸到你曾经追求过或者拥有过的某种理想的光泽。

2000 年 11 月我在上海工业博览会上，目睹上海通用十万元的小别克“赛欧”样车前，里三层外三层的众多车迷驱之不散，“赛欧”简直成了招人惹的麻烦。带安全气囊和ABS的“赛过欧宝的车”，勾起了现场无数男女老少的私车梦。

假如说上海滩的小别克“赛欧”尚未真正面世就已先声夺人，那么天津卫迫不及待于2000年12月生产的“夏利2000”，同样以漂亮的外形而赢得了众多车迷的青睐，被誉为日本丰田花冠的中国版。行家预测“夏利2000”届时最有可能与“赛欧”分庭抗礼，抢夺中国的“家轿”市场。与此同时，美国福特汽车公司与重庆长安汽车公司的合资项目正在加紧进行，还有一汽大众和上海大众也要投产经济型家轿，更有被誉为中国品牌的“中华轿车”在沈阳问世。而最新的国家统计局权威机构在北京、上海、广州的调查显示，有五成以上的居民有购车意愿，八成居民认为轿车价格在10万元以内最合适……诸多消息沸沸扬扬之时，恰逢国家提出“鼓励轿车进入居民消费”，两相映照，格外受到国人关注。

公务车一统天下的时代即将结束，汽车界的春风终于来临了。中国的汽车界人士终于堂堂正正地把发展“家轿”列入企业发展的主导产品，甩开膀子准备大干一场了。

我步出展览大厅，外面的大街上，挂有私车牌照的小车不时掠过。就我所知，上海汽车集团内部职工的私车拥有量已超过万辆。我又想起了四年前在京城采访时，那些忧国忧民的记者们的发问：“中国还要错过多久？”时至今日，上海的私车牌照早已实行无底价拍卖，不少人因此而圆了轿车梦。上海不少新闻记者也已经开着自己的车在跑新闻了，高架道上偶尔炫一把，车技一点也不比京城的同行差。两年前，上海不少产业工人因为行业内的优惠政策而拥有了自己的私家车，上海大众所在的嘉定区更是成为全国人均轿车拥有量最高的小城镇。双休日常常能看到这些私家车驰骋在江浙两省的风景区，有的甚至走得更远。这要在四年前是想也不敢想的事。拥有一辆私车，就是拥有一种自己的生活方式。中国的老百姓终于可以在21世纪之初，圆一场“家轿”的梦了。

长篇小说《汽车城》讨论会

《汽车城》出版已经两年了，除了其中的一次比较大的修改，我再也没有去打开这本书。它已经属于读者。此刻面对它就好比面对一个已经分手的好友，心里又翻涌起过去的激情。谢谢在座的读者朋友们，给了我重温旧梦的机缘。重温小说人物的悲欢离合，我相信即使过了很多年，当一个新的国际化的汽车城在这里耸立，他们的故事依旧会流传、会继续。我为我们这个城市感到骄傲。

2002 年 4 月

魂系梦牵的上海弄堂

2008年初春，百年外白渡桥即将被拆移维修，上海电视台找我去做一个专题节目。我不知道他们为什么找我？是因为我写过《虹口轶事》、《一个人的河》等等的小说散文中有与苏州河、外白渡桥相关的内容？还是因为我生于斯、长于斯，对外白渡桥及其周围太熟悉？

专题片播出的时候，其中的一段解说词我听了感慨良久，“这个城市中，很多人是伴着外白渡桥成长的，浪漫的青春、无忧的童年，外白渡桥默默地记载下人们的喜悦和悲伤。苏州河边这个叫做新康里的弄堂，是作家殷慧芬的家，从父母那一代开始，她们就居住在这里。”我听着，少时许多甜的酸的记忆顿时在眼前奔涌，一幕幕纷至沓来，竟不能自已。

以苏州河边这个叫做新康里的弄堂作为背景，我写过不少小说，并获得圈内圈外许多好评。1993 年，我的第一本小说集《欲望的舞蹈》出版，王安忆专门写了评论，对其中以上海里弄为背景的《仇澜》尤感兴趣：“我所以要特别提到《仇澜》，是要以此说明殷慧芬世界观中的沉重的情感基础，这使她笔下的人物和故事脱去女作

作者在外白渡桥接受上海电视台采访

家们常有的悲秋悯日的甜腻的伤感，而具有‘悲哀’这一人生大感觉的内涵。”之后，我的《屋檐下的河流》、《吉庆里》等相继问世，我更是听过她当面鼓励的话。前不久，陈丹燕在接受一家媒体采访时也说：“殷慧芬写过很多上海弄堂的故事，她写得非常好。”王安忆和陈丹燕都是我的文友，我很欣赏她们的以上海为背景的作品。她们喜欢我的上海弄堂小说，其原因还是安忆所说的是因为“殷慧芬在我们这个城市的深处”。与我相濡以沫三十多年的楼耀福则说得更直白，说我是与上海石库门建筑的纸筋石灰拌和在一起的一块砖。

面对上海里弄，我只要一进入写作状态，我便无法

殷慧芬写上海石库门的部分作品

挣扎和逃避。因为这是我们的生活，我们的空间，我们的语言，我们生存的呼吸。由于眼疾，写作于我已异常艰难，但我每每走过上海弄堂，看见相似的石库门老屋，我会不由自主地驻步凝望，我知道在那甬道的尽头是光线暗淡的厨房，还知道顺着那幽暗的弯弯曲曲的木楼梯走，在亭子间门前，有一个小小的平台，我恍惚看见我和兄弟姐妹们在那里奔跑的小小身影，还有母亲大声的呵斥，我一次次地被深深感动。于是我知道了我的魂、我的心灵注定是属于石库门的。

去年，我的小说集《石库门风情画》出版，洋洋四十余万字，差不多收集了我写上海弄堂生活的全部中短篇小说。上海文化出版社总编辑陈鸣华见后即同我联系，文化社在编一套写上海的散文丛书，已出的有《上海市井》等，反映还不错，希望我能把写上海里弄的相关散文集中后交付他们编辑出版。鸣华还想着他的老大姐，我有点感动，之后又想鸣华没准也魂系梦牵着上海弄堂，回忆着儿时曾在那里打过弹子，滚过铁圈呢！

拍电视专题片的那天，我陪着编导去我居住过的新康里，年轻的编导很惊讶新康里居然仍那么完整。我告诉他，我还有亲人居住在这条弄堂里，他们时不时告诉我这里可能要拆。城市化的进程中，这样的弄堂会越来越少，这就更显得作家们留下些相关文字的迫切和重要了。这是我编这本《上海邻里》的初衷。

谢谢上海文化出版社，谢谢一直关注我并喜爱我的作品的读者们。

2009 年 8 月

倾诉与聆听

——和张英的谈话

张英： 我对您的印象缘于你的“爱情三部曲”，那三个长篇以女性的敏感、温馨、细腻，深入人物心理活动的描述，十分出色，在人性、情爱的探索上，有 一种执著。从早期的《厂医梅芳》到十几年后的《焱玉》，都可以看到这种追求。首先，我想请您谈谈写作经历，以便我们可以彼此敞开，更好地交流。

殷慧芬： 我生于 1949 年的革命年代，成长于 1960 年的饥荒，（中学）毕业于 1966 年的疯狂，和所有的老三届一样。“文革”使我走出了课堂，在十里长街琳琅满目的大批判、大字报专栏里，我感知到了沉重的人生和无奈的命运。最初的文学教育来源于在复旦、华师大、外语学院里那些大学生们文采斐然的批判文章，我跟他们要来了一本本批判“黑书”、“黑戏”、“黑电影”的专辑，循着专辑开列的书目通过秘密的地下渠道，想办法去借阅、偷着看。

在那样的年代里开始了我最好的文学熏陶，是不是有些荒诞的感觉？这是我一生中看书看得最多的时期，托尔斯泰、契诃夫、莫泊桑、艾米莉·勃朗特等作家，开始走入我的心灵。“文革”中的停课停学，让我有相当长的一段时间在社会上游荡，歪打正着阴差阳错，我看了那么多的文学书，喜欢上了文学。

1968 年 9 月，闲荡在社会上的 66 届、67 届中学生，突然面对去农村、工矿两个去向的命运，在一大部分同学被抛向广阔天地的同时，我进了工厂，开始了漫长的工人生涯。在数十年的平凡生活中，读书是我唯一的娱乐和幸福。1982 年我开始写作。上海石库门老屋的生活，上海人（工人、市民）的生存状态、世事沧桑既是我写作的内容，也是我写作的力量。我对童年生活的祭奠，在我出生的母土——上海石库门老屋的精神漫游，还有我对工厂生活的爱恨，我把这一切的情感记录下来，纪念在那幽暗深邃的老屋过道里、在机器流水线上挣扎和努力，一代一代繁衍的活着和死去的灵魂。

张英：90 年代以后，文学发生了一些变化，就小说而言，情感的枯竭和人物形象的单调是个非常严重的问题，小说再也不能令我们在心灵为之颤栗，更没有个性

作者和张英（左 1）等文友在龙泉

分明给人留下深刻印象的人物形象，在这两点上，你做得比较好，这是否与您的经历有关？生活与写作对你重要吗？

殷慧芬：很难回答为何写作。似乎是一种命运。写作的意义也正在于此。很久以后我才体味到工厂生活的魅力，和书本世界相比，它同样充满悲欢离合爱恨情仇，它给我世事沧桑的感觉，我目睹过死亡、美的毁灭、青春的自戕，我的青春、梦想、爱情全给了工厂，但在文坛耕耘了八年，我发觉我写了城市、乡村、爱情，却唯独没有写过工厂生活。后来，我终于明白我别无选择，工厂生活对于我是精神深处的家园，青春情感的空间，纷繁人生的永恒背景，后来，就有了第一本小说集《欲望的舞蹈》，它们都是以工厂生活为背景的小说。后来，我又走出了工厂，将视野投向更广阔的艺术空间和生活空间，开始写90年代的城市生活，关注当代人的生存状态。

确实，经历对我很重要，生活也对我很重要。生活和写作的关系，是文坛永恒的话题，它常使我感到困惑。

我比较喜欢和人交朋友，尤其是和普通人交往。我的生活也不是在咖啡馆、酒吧、宾馆大堂这样高消费的场所。我的生活很平常，我喜欢这样的生存方式。这使我和那些普通的人们有了很多共同的话题。尤其是我本人也来自社会底层，出生在一个很平常的上海市民家庭，自己也做过工人。我对这些阶层的人们很熟悉也很同情，现在我自己的生活要比他们好，但是我的感情天平始终是倾向他们的，这里有我的亲人，也有我的朋友，我觉得没有这样的感情，也就不会有我的小说。

张英：情感、欲望、人性，一直是您小说的主题，展现得淋漓尽致又雅而不俗，在这一点上把握很好。很多作家，一写就沉下去了。

殷慧芬：我所有的小说都是探索人类情感的。从少女到老人，从男人到女人，所有的人，他们的情感缠绕着、攀沿着岁月的大楼，装饰着我们的城市，也充盈着我的小说。

我曾经看到这样的故事：一个身患绝症的男人为了求死，不惜嚼舌自戕；而他的女人为了挽留他的生命，拔除了他的全部牙齿，她情愿花费时间把食物剁碎或煮烂，然后强行喂食。在以后的岁月里她无数次地努力和死神搏斗，维护、挽留她的形同植物人却又思维清晰、渴求死亡的男人的生命，她慢慢地青春老去却又千年不悔。撇去一切的道德评判，这样的故事令我震惊，令我恐怖，我把这样的故事看作是一场战争，一场求死不得、求生不能的战争。我设想假如我是这个男人，我决不会感激女人。我在这样的故事中思索生存和死亡的意义。生与死，它们应该庄重、自然、充满人类的尊严。我想情感的诞生和泯灭是不是也是这样？

这样的思索浸淫在我的小说里。我所喜欢的《纪念》、《四季风景》，那种美丽感情的发生和死去，它们在女主人公的心里永远保持了一种纪念和骄傲，她们无言地沉默着、庄重着。从《迷巷》、《欲望的舞蹈》到《纪念》、《焱玉》，她们在没有理性的浪漫故事里描绘和编织自己的故事，她们注定要得到一切：童贞、爱情、生命，她们又注定要失去一切，她们仍保持了尊严。她们内心深处炽燃的热情和宿命的伤感在暗夜里闪烁着灿烂和纤细的光亮，凄美而令人痛心。我喜欢自己的小说，一如我喜欢看别人的小说，情感的，真挚的，女性的，一代一代生生不灭的，用明快、质朴和诗意的语言，去叙述沉重、轻盈的情感与人生。

张英： 坦率地讲，上海的一批女作家在80年代的崛起给我们留下了很多好的作品，但在进入90年代之后，有些作家再也没有拿出超过她们成名作的小说，我想这是由于很多原因造成的。有些人干脆就不写了，写作生命力太薄弱，一些人总在凭自我写作，没有好好积累，最后就无声无息了。

您的心态比较平和，我想这可能与你远离市区住在嘉定有关。50岁还能写出像《焱玉》、《吉庆里》这样描写90年代年轻女孩的生活的小说，真的很让人吃惊呢！

殷慧芬： 我不想对某些作家的写作生命力表示异议。我这个人不太喜欢招惹是非，比较边缘。我还是说说我自己。我对上海这个城市的关注，也许源于我对它的复杂的感情。年少的时候我不喜欢石库门老房子，这里几代同堂，家长里短，我嫌那里充满了平庸的市民气息。

年少的时候我也不喜欢我所在的工厂，我觉得工厂流水线上的工作太枯燥太平常。要到很多年以后，我才明白，正是这样的市民气、这样的平常生活构成了我人生的基础，我才有足够的勇气来面对以后的生活，并且在小说中再现这样的平常生活。我能够保持比较平和的心态也许和我对生活比较投入又比较出世有关。

上海的作家中，我最喜欢的是王安忆，她总是能够超越自己，保持自己特立独行的风格。她对文学的思考已经超越了作家本身写作的意义。我比较喜欢王安忆那些写上海里弄的小说，比如《流逝》、《长恨歌》。最近我看了贾平凹的《高家庄》，也觉得十分喜欢。那里面有一种沉淀下来的东西，还有他充满了传统小说意味的叙述方式。我觉得这是他最好的作品。

张英：近年《收获》、《上海文学》、《小说界》等杂志比较集中推出了您的几部新作：《欢乐》、《吉庆里》、《裟玉》、《屋檐下的河流》，反响很大，也很有冲击感。这几部作品的风格、背景相差颇大，看得出您也在尝试各种风格，力求拓宽自己的艺术空间，理性又蕴含真挚的情感，怜悯、同情、理解、尊重你笔下的主人公们，我看了之后感觉非常好，跨度也挺大，有老年人的生活状态到年轻男女的心路历程，再到童年儿时的生活世界，真是令人刮目相看。我想请您谈谈这几部小说的写作缘由。

殷慧芬：《欢乐》写的是一群贫困老人的生存状态。他们在贫困和失落中主动欢乐，又在欢乐中无奈地感受贫困和失落。我觉得其中有一些东西，是无论贫富、无论国界的，这就是老人的孤独和失落。我希望通过《欢乐》能够从中找到一种人类生存的理由和希望。

《吉庆里》是描写上海里弄风情的，又是逼近现实生活的。以一个从未在里弄里生活过的年轻女孩的目光观察具有百年沧桑的里弄风情，以及里弄里的各色人等。我从小在上海里弄里长大，成年后又离开了里弄，但是我的亲人一直居住在那里，因此我对里弄的了解既是亲切又是疏远的，我希望能够把自己这种比较复杂的漂浮和寻根的感觉传达给读者。

《裧玉》写了一个白领小姐在上海生活的心路历程。

她对上海这个城市既是憎恨的又是热爱的。我想每个人在得到的同时总要失去什么，我对焱玉的生活方式和人生选择没有任何的道德评判，因为现实已经很难用善恶、用真假来分辨了。我觉得我最自信的是，我对我笔下的人物从来没有用自己的善恶观来臧否他们，我总是理解和尊重他们，并努力深入他们的内心，寻找他们生存的理由。这也许就是你说的怜悯吧。我并不以为我是知识分子，因为这个概念在我们的社会已经被庸俗化了。似乎一个人大学毕业就是当然的知识分子了，况且我并没有念过大学。我是一个平民，写作的视点一直关注着他们，因为他们的命运在普通之中有着不普通的地方。比如我写的车间，也是市民生活的一部分，是里弄的延续，因为我们有些市民白天在工厂上班，晚上就在里弄里演绎市民生活。我不觉得这是一种游移，而是小说很自然的叙说和发展。作为一个作家，假如以年龄来评判，那么人到中年，也许可以说是成熟了吧？但是我不敢说能写出大作品，我只能说会写出比以前更好的作品。

张英：文学在你生活中处于何种位置？

殷慧芬：文学对于我有一种宿命的力量。它很难说重要和不重要。至于它在我生活中的位置，就是不可或缺吧？

张英：当初，你的“爱情三部曲”出版以后，对情欲的心理描写还引起了争议，但我看完以后觉得它很好看，既乐而不淫又赏心悦目，比起一些言情小说要好，这主要原因是作者的心态很健康。回过头来，您怎么看这部小说？

殷慧芬：我的“爱情三部曲”写作的时候比较放松，我当时就是想表现一些城市人的喜怒哀乐，探索他们感情的秘密。当时自己有一种唯美主义的倾向，因此在表现情欲和性欲的时候也不乏诗意的描写，而且三部曲的整体文字都表现了这种诗意。我自己觉得在这上面是成功的，很多读者看了都写信来表示认同。我当时想创造一种不同于言情小说的爱情文体，就是优雅和诗意。小说的缺陷在于没有更深地探索人性的秘密。但是我觉得我的三部曲要比那些纯粹的言情小说更具文学的魅力。

张英：作为一名女作家，您对时下的“女性写作”

有何看法？现在，你还相信爱情的存在吗？

殷慧芬：我相信爱情的存在，但是它比较难得，也比较珍贵。我对时下流行的女性写作缺乏很深入的了解。我觉得在这个多元化的社会，男人和女人，在个体上没有那么多的对立，但是在整个社会层面上有一种根深蒂固的对女性的鄙视。但我不期待妇女革命，我觉得任何事物的发展都有一个自然的过程，假如我们用革命的方式来改变，很难说，这方式本身是否符合我们脆弱的人性，尤其是中国妇女，经历了太多的革命风暴，对于她们也许是讲究女性本性回归的时代。

张英：茹志鹃、王安忆曾经评价你是写上海市民底层生活最好的作家。从创作来看，近来你的一些小说正在接近当下的年轻读者，写活了一些鲜活的90年代的年轻女孩形象，而《屋檐下的河流》则是从一个孩子的视角出发，勾勒出现实生活的一个断面，呈现了某些生活原生态，让人看了很震动很沉重。作为一个上海人，你对上海地域文学的特征有什么看法？

殷慧芬：这个问题太大，一时间让我很难回答。上海曾经是中国受西方文化浸淫最深的城市。曾经有一段时间上海租界的人口甚至超过了华界的人口，中西文化的融合培育了市民们崇尚自由从容的生活方式，它“自咎地”构成了上海文化的主体，形成了具有现代文明意识的市民阶层。曾经有专家以为在将近半个世纪内，这种工商业文明培育的城市人格和市民精神中止了它的发展。但是我却认为这种可贵的市民精神在石库门老屋里，在工厂的女工们身上，在持续的贫困中艰难地存在和延续了下来。也许我们还记得在特定的历史时期，当批判一切、否定一切的口号到处流行的时候，那些里弄里的小裁缝们悄悄地领导着服装的时尚，打扮着爱美的上海女人，工厂里性格“海派”会说洋泾浜英语目睹过十里洋场的老师傅哼唱着旋律优美的外国爱情歌曲……

很多年来正是这种存在于底层市民中的生活方式、里弄文化超越了更传统更主流的伦理，滋润了我们苍白的生活。我的《屋檐下的河流》叙说的正是这样的现实生活。它由一个孩子的眼光来叙说，但是我没有模拟孩子的语言，因为我发现孩子的感觉、他对成人世界的理解要远远胜过他所能掌握的语言。所以我的表达方式是成熟的大人的口吻。假如有一天有人要再次将人们企图忘却的耻辱来取代这种现实生活，或者说是生活方式，我想还会有孩子出来说，不！作为一个作家，我们为建立普遍的人性，为弘扬新兴的市民精神所做的努力，是不会徒劳无益的。

张英：您对现在的文学评论有何看法？

殷慧芬：我现在很少看评论。精彩的赤裸裸的不加掩饰的文学评论已经很少看到了。倒是不断看到那些由评论家主编、号称“经典”的文丛洋洋大观排满了书店的书架，并且不断地看到一些熟悉的作家名字出现在不同的文丛中。我想现在作家和评论家是不是找到了一种新的文学共同点了？或者说是新的增长点？

当那些充满了术语的艰涩、暧昧的文学理论（连带评论）文章在某些报刊连篇累牍地蔓延的时候，评论家已经失去了阅读和发现作家的热情，而是专心构建自己的理论学术，在他们熟悉的作家中寻找可以支撑他们理论的小说。他们不断地阅读和发现的是他们自己，而不是作家和作品。新闻界和一些大众都在热情地发现作家和阅读作品。随着文学的效应由轰动趋向于失落、平淡和寂寞，文学在很长一段时间内成为某种边缘的艺术。一些作品谈不上惊世骇俗，但蕴涵了更多的人文意义和更丰富的文学象征，这种作品正在悄悄地出现，不多也不少。正是在这样的时候，评论家却莫名地缺席了。一些评论家转身去关心热门的画坛、乐坛了，更多的评论是捧场的文章，毫无独立个性、立场可言。还有一些评论更是喧宾夺主，炫耀的是自己的才华。真正的才气横溢的评论已是凤毛麟角，偶露峥嵘了。倒是一些作家在评论缺席时为一些同行写了些类似于评论的文章，其中不乏精彩的神来之笔。

张英：在您的阅读中，哪些作家对你的创作有直接影响和启发？看一看您的书房的书，我就相信你的创作潜力还很大。或许，更精彩的作品还在后面，这让我的跟踪阅读有了一些期待。

殷慧芬：中国的小说，我喜欢《红楼梦》，这是一本永远读不够的小说。它使我学会了不去单纯地评判林黛玉好，还是薛宝钗好。这是把它读庸俗化了。任何人物的存在都有它的合理性。还有它的语言，它从容不迫的叙说，它对社会民俗风情的描写，都令人难以望其项背。我也喜欢普罗斯特的《追忆似水流年》，我是把它当作诗和散文来读的，烦躁的时候读一段，心情就会平静。美国作家菲茨杰拉德《了不起的盖茨比》，他写了城市生活中人的麻木和颓废，还有绝望，表现了人类伟大的爱情在世俗生活中如何变得廉价和庸俗了。后来有很多作家都在这样相似的题材中竞相表现自己的才华，比如日本的村上春树。我也喜欢拉丁美洲的魔幻现实主义文学作品，德国的伯尔，我最早接受的是俄罗斯的经典文学，普希金、契诃夫、屠格涅夫等等。总之，是世界上无数的文学大师滋养了我的文学细胞和文学鉴赏能力，也滋养了我的人格和良好的心理素质。我只读过初中，但是在长期的阅读中，我成为了一名作家。

张英：以后的写作将会向哪些方向转变？对目前的生活状态满意吗？

殷慧芬：以后的写作还是会围绕上海这个城市展

开，因为这是我最熟悉的环境，我的视点还会是城市平民，以后可能会比较注重男性公民的人物。我喜欢写作，写作改变了我的生活。我这个人比较散漫，写作十分符合我的个性，我可以自由地支配我的时间，还有我可以不受单位人际关系的影响，这使我庆幸自己选择了写作。写作也使我比工薪阶层有多一些的经济收入，我可以安排一些旅游，可以买我喜欢的服装。总之，我很满意我的生活，虽然我还不能随心所欲地去买我喜欢的房子或者车子。我希望以后能。我说过我对生活很投入也很出世，我这个人崇尚自然，有钱能过，没有钱也能过。

（原载《吉庆里》长江文艺出版社 1999 年 9 月）

深深的辙印

——和苏翘翘的谈话

苏翘翘： 1999 年，是上海工人作家殷慧芬一生中值得纪念的一年。她的长篇小说《汽车城》受到文学界的一致好评，被认为是“上海文学作品创作中的一个重大收获”。她的眼睛因写作而受到影响，右眼几乎失明。

近日，记者在其嘉定的住宅中，就读者关心的问题采访了这位独具魅力的女性。

记者： 最近你的长篇小说《汽车城》问世，在社会上尤其是汽车界引起了较大的反响。这是一部工业题材

长篇小说《汽车城》荣获上海市文学艺术优秀成果奖

的小说，属于主旋律作品。在写作过程中，你持的是一种什么样的心态？

殷慧芬：应该说我是持一种很平常的心态去写的。是大工业的特殊魅力吸引了我，而且我本人就在汽车行业内工作了三十年，所以创作是水到渠成的。当然也有艰辛，我调动了十多年的生活积累，花了三年的时间翻阅整理材料，运笔近一年，才完成这部作品。整个过程，是我本人的创作冲动和激情的奔流，并非别人的意志。我在小说中最关心、最费力刻画的是人物的命运，以及他们的社会性因素。假如说这些人物的命运折射了中国现代化进程的现实，那么，这就是作品的成功所在。

记者：70年代初，加拿大作家阿瑟·黑利写过同名小说《汽车城》，你为何要取同样的书名？

殷慧芬：阿瑟·黑利的《汽车城》应该说是一部通俗小说，他注重于故事性。而我的《汽车城》则更侧重人物形象的丰满。在他们身上寄托了我对工厂的一种感情，而黑利似乎没有。

我之所以取名《汽车城》，并不仅仅是因为写了汽车厂，更因为这个汽车厂是诞生在上海。上海这座城市与汽车有着不解之缘。在20世纪初（1901年），上海就有了“福特”轿车，到30年代，上海就与“奔驰”合资，组装“奔驰”卡车。而建国以后“上海牌”轿车以独特的、开放的、自由的、市民的方式出现在我们的生活中。它以小作坊的生产方式散落在上海的各个角落，甚至弄堂里。

所以，汽车是城市象征，是城市精神的象征。我是把《汽车城》作为一个城市来描述的，于是也从这个角度来取书名。

记者：你的作品以纤柔委婉的风格见长，而《汽车城》渗透着一股阳刚之气，为改变上海作品“小家碧玉”的形象作出了努力。谈谈你创作风格的转变吧。

殷慧芬：在创作风格方面，我没有刻意去改变。作为一个成熟的作家，一旦进入创作状态，你笔下的人物形象、语言风格就会自然地流淌出来。外国语大学有位老师在给学生上课时，将我的一篇小说《吉庆里》的成语、谚语、俚语一一分析出来。我很惊讶：印象中好像没有用过这么鲜活的词汇啊！

当然，《汽车城》倾注了我对城市精神的沉重思索，倾注了我对城市精神强烈的信念和赞美。所以作品也就显得有力度了。

记者：中国古典诗论有句名言“卒章显其志”，其实这句话对叙事文学来说，比抒情文学更具规律性。因为，一部叙事作品的结局随着情节冲突的解决而展示出主要人物的最后命运和情节演进的归趋，作家的主观倾向也得到充分的显露。

《汽车城》的结尾，潘树德妻离子出走，女儿自杀，杭天飞永远不敢谈爱，包括郭大林的死，这些人物的境遇悲剧，是改革进程中必然要付出的代价吗?

殷慧芬：是的，小说中我比较钟爱的人物：一个是郭大林，一个是潘树德的小女儿，在他们的身上寄托了我的某些理想化的东西。但两个美好的人物都死掉了。

在小说引子里我曾说过：我们在得到某些东西的同时，是否考虑过我们也正在失去了什么？也许失去的，正是我想要的东西。创作中我运用了现实主义的手法，写出中国现代化进程的现实。给这些精英人物身上染上

电视剧《汽车城》开机仪式

一层悲剧色彩，是为了加强小说的思想冲击力和艺术感染力。我是多么希望在改革进程中能尽快地改掉这些弊端啊！

记者：听说有人要将《汽车城》拍成影视剧，如果在改编过程中，要淡化小说中由于中外双方观念的冲撞带来的精神的失落，而处理成“中外结合”的平衡，你会让步吗？

殷慧芬：我会很生气的。但……也很无奈，毕竟是“嫁出去的女儿，泼出去的水啊”。我就担心在处理双方矛盾上来个“斗智”，使德方很尴尬，中方觉得很得意：你看！我使了这么一个小小的技巧，就把他们的傲气打掉了……

上影厂现正在筹划中，我相信他们会拍出“原汁原味”的《汽车城》的。

记者：听说你为创作《汽车城》付出了右眼几乎失明的代价。你现在的眼睛状况如何？

殷慧芬：在创作后期，我时常感到有黑影在右眼前闪过，当时并没在意。直到三十多万字的书稿杀青后，用手蒙住左眼，看出去觉得模糊一片。到医院一检查，糟糕，原来是视网神经最集中的眼底黄斑穿孔了，如不及时治疗，将会殃及左眼。经过两个多月的住院治疗，前不久才出院回家休养。

有人问我，写《汽车城》把眼睛搞坏了，你是不是很后悔？我说这是没有办法选择的，我并不是一个不懂得健康、不珍惜生命的人，我写的时候根本就不知道我的眼睛会怎么样，这就像写小说时，笔下的人物走向究竟会怎样一样，有太多未知的东西。

记者： 下一步你还有什么创作打算？

殷慧芬： 不一定马上动笔，但我思考的还是工业题材，因为这个题材能从各方面展示当前城市演进的轨迹。

大工业的东西必定会损害到人性的，接下去我要体现的是大工业对人文的关怀。那次到通用汽车公司去采访，他们那里有一个“人际工程师”，专门调解人与机器关系的。这当然不同于我们的“关心职工生活”，而是考虑到人的空间、工作状态、心理因素等等，就像“环保”一样，将人与环境、人与自然、人与机器亲和起来，以达到“天人合一”的境界，让大工业散发出一缕人性化、理想化的人文气息。这就是下个世纪我们要面临的问题。

记者：你比较擅长女性的心理刻画。在生活中，你是一个怎样的母亲与妻子？

殷慧芬：我当得还是蛮好的！儿子大学毕业在一家广告公司工作。他属于那种闯荡型的性格，大四去上海电视台实习时，他就要到外面租房子单住，我很支持他独立。实习下来，成绩居然还不错，电视台打算留他下来，而他决定还是到社会上闯一闯，他爸爸就有点那个了。

我能理解，年轻人都有一颗驿动的心，这颗驿动的心，面对着五光十色的诱惑，当然会有许许多多的躁动。

儿子还年轻，即使浪费一二年时间，只要得到一些社会经验，还是很值得的。一年的广告公司干下来，他觉得很累，许多业务花了不少心血，结果付诸东流，但他从没有后悔过。

说到“代沟”问题，他以前也不大愿意听我们的意见，总认为我们老了，跟不上时代的节拍。经过一番闯荡后，觉得我们对问题的许多看法还是很有价值的。总之，对待儿子，我认定两个字：理解。我们是孩子的镜子，孩子也是我们镜中的影像，是互为镜子，互为表里的。

至于我是不是好妻子么，这还是叫老楼谈谈吧。

（在一旁忙着给我们添加茶水的楼先生幽默地逗趣，说当年人家介绍我俩时说“这位是楼耀福的太太”，现在却成了“这位是殷慧芬的先生”。殷慧芬深情望着丈夫笑了：你永远是我的老师嘛！）

他单位有人说：你儿子是最好的，老婆又是优秀的。说得他飘飘然：殷慧芬本来就是我的学生啊。

老楼比较早就开始写作了，70年代初，他动笔的时候，我还没有出道。以后他就不写了，大概是因为写不过我了（笑）。老楼对我的写作很支持，他的眼光很“凶”，对文学作品有着极强的鉴赏力。我写的东西都先给他看，很喜欢听他的意见，有些小说的题目还是他给取的呢！他还是我身边的活字典，一有字写不出来，只需张口问一声便可，文字功底比我深多了。

都说男人的一半是女人，而作为一个女人，同样少不了另一半的一臂之力，我正是得到了他的支撑，才有今日事业上的风光。

这几年，我的作品获得了许多奖，但也失去了很多。我现在的人事关系还“吊”在企业里，因为写作，许多待遇都享受不到，如职称、房子。我不是苦行僧，也希望生活得好一些，住得宽敞一些。

记者：能不能谈谈你的业余爱好？

殷慧芬：我的爱好还是挺广泛的，我喜欢旅游，喜欢看电影，喜欢听音乐。我感到音乐是灵魂的洗涤剂，能给人以力量。

此外我也喜欢文学作品，我读的书很杂，什么都看。我还喜欢逛街，购漂亮时装。圈内的人对我的评价是既有知识女性的儒雅，又有现代女性的韵味，夸我还挺有生活情趣的呢！

记者：作为上海的工人作家，你想对劳动报的读者讲点什么？

殷慧芬：对劳动报我还是很亲切的，我现在的编制还在企业里，从某种意义上讲还是企业的一员。劳动报是我们工人的报纸，如果说《汽车城》是一座桥梁，劳动报也是一座桥梁，我希望通过这两座桥梁，与更多的读者沟通。

（原载《劳动报》1999 年 11 月 5 日）

演绎一个城市的传奇

——和王雪明的谈话

关于上海

记者：请您谈谈您眼中的上海作家群的生存状态？

殷慧芬：我觉得上海的作家比较注重个体，注重现实，每个人都有自己的写作形式，都有自己的生活环境，很少群体现象。这比较符合上海作家现实生活中的生存状态。我觉得文坛“陕军”、“晋军”这样的称呼怪怪的，还是上海作家这样的状态比较好，比较自由散漫，不虚张声势，不张扬。

记者：写作在您的生活中占据什么样的位置？在您的心目中，您最理想的生活状态是怎样的？

殷慧芬：写作对于我已经职业化。我很喜欢我现在的生存状态：平和、淡泊，有三两知己，住在郊区，白天凭窗观田野风光，晚上听蛙声一片。

记者：能谈谈上海这个城市及上海人吗？我发现很多人都有“上海情结”。

殷慧芬：我出生在上海石库门老街，多年来我不可抑制地关注和眷恋着石库门老屋里的人生、文化，关注着屋檐下那些世俗而亲近的日子。我的一部得奖作品《屋檐下的河流》，就是我对上海石库门人生画卷的真切描绘。我承认我有上海情结，因为上海是我的家乡。现在有一种说法：上海不仅是上海的，它还是全国的。这说明了上海这个城市完全不同于中国其他城市，具有无可替代的历史和现实意义。现在上海以外有很多地区的人们在嘲笑上海男人，认为他们小气、自私、精明、怕老婆。最著名的就是台湾作家龙应台女士的那篇《啊，上海男人》了。我想假如这些所谓的缺点发生在欧美男人身上，大概会有很多开了眼界的中国同胞，会喋喋不休地赞扬大唱颂歌，比如AA制，比如特立独行，比如绅士风度，比如尊重妇女等等。我觉得上海男人整体上是优秀的，是中国男人中文明程度最高的群体。龙应台《啊，上海男人》的文章发表在上海的《文汇报》上，这本身就说明了上海人的自信和大度。一方水土养一方人。

关于《汽车城》

记者：您的作品一向以女性特质见长，而《汽车城》却是一部大气、阳刚之作，这一转变有些突兀，您能谈谈吗?

殷慧芬：一个成熟的作家应该能够驾驭不同的题材。我们和不同的人说话，比如小孩、老人、家人、外人、朋友、陌路人，我们会有不同的语气和语言。写作也是这样。我觉得这是很自然的转变，不需要煞费苦心，关于《汽车城》的语言和节奏就自然而然地来了。很多人都强调《汽车城》是一部工业题材的小说，其实我更愿意说它是一部关于城市的传奇。我在写作《汽车城》的过程中，并未简单地把它看作是一座轿车制造工厂。上海的轿车零部件企业散布在全市各个角落，甚至在上海弄堂里。因此我在写作《汽车城》的时候，我是把它作为一座城市来描绘的。上海是一个奇异的城市。开埠百年，它始终是中西方文化交融荟萃之地。曾经备受争议的轿车生产最早在上海获得了成功，因为上海是城市精神资源储备最充足的一个城市。写作过程中，曾经有很

《上海新书报》策划的售名售书

多次我坐在电脑前，默默地为人物的命运，为车的命运，为城市的命运流泪。这是我非常动情的一部小说，在它的故事深处依旧是我所沉迷的语言，那种流畅的快感。

记者：《汽车城》之后您最近有什么大作？

殷慧芬：我正在撰写一部城市题材的长篇小说。相信它和《汽车城》具有完全不一样的气质、语言和故事，它更适合年轻读者。

记者：当年《汽车城》使您付出了巨大的代价，右眼险些失明，现在完全康复了吗？

殷慧芬：我的右眼已经受到了无可弥补的损伤，视线模糊。

记者：电视剧《汽车城》目前正在紧张的拍摄中，请您谈谈影视与文学的关系？

殷慧芬：文学是影视的老伴。好的影视作品大都是由优秀的文学作品改编的。影视无时不在企图抛弃文学，却总在文学强大的影响之下。即便是原创的影视作品，只有当它具备了很棒的文学意义才有真正的观赏和流传价值。

关于网络

记者：如何看待目前流行的网络文学，您读过被奉为经典的《第一次的亲密接触》吗？感觉如何？您认为传统文学是否优于网络文学？

殷慧芬：网络文学给我总的感觉是"轻"，比如《第一次的亲密接触》，它其实就是一个很通俗的爱情故事，只不过借助了网络这个载体而已。听说现在有很多人不看古往今来的经典作品，而只热衷于阅读网络文学，对于这样的阅读经验来说，《第一次的亲密接触》也许算得上经典。传统文学历经千年的积淀，是人类文化的结晶。为了网络放弃这样的阅读实在是不可思议。

记者：对于目前愈演愈烈的"性"写作，您如何看待。

殷慧芬：这种激愤之言在网上已经成了一种时髦。如此喧嚣的批评和用词暧昧与网上广告没有什么区别。我不觉得现在的所谓"性"写作越演越烈。有人在写

"性"，有更多的作家沉静下来直面生活，叙说真实的人生。但是有人情愿背过脸去，漠视这些劳动。毕竟喧嚣激愤比冷静思考更容易。

关于女性

记者：时下文坛对"美女作家"十分关注，从女性写作的角度，您对此现象做如何诠释？如何评价？

殷慧芬：美女作家偶像化、明星化，哈，不错。有作家享受一下球星、影星的轰动效应，也未尝不可。我比较宽容。

记者：社会上好像对女性有一种带推崇性的歧视，比如新女作家，市场非常强调性别，好像女性主义的存在是一种市场需求，对此您如何看待？

殷慧芬："推崇性的歧视"，说得太妙了。到处都是商业操作。连女性主义都成了炒作的对象。男人的把戏。这是对女性主义极大的讽刺。女性主义不再是一种理想、一种追求，而成了可以买卖的商品。中国现在没有女性主义存在的土壤。

关于文学

记者：比起 80 年代的那种文学兴旺，你对如今的文学环境如何看待？

殷慧芬：我觉得现在的文学环境是比较正常的，健康的。80 年代文学的兴旺，它有一种开闸的感觉，因为封闭，所以喷涌而出，是一种非正常状态。而且 80 年代文学肩负的东西太多了，几乎所有的人都在关心文学，关心它所表述的内容。那时候一篇伤痕小说可以路人皆知。我想当初那些哭鼻子抹眼泪的老太太现在大概都在戏院里，或者坐在电视机前对着肥皂剧过瘾了吧？很多人找到了自己感情寄托和宣泄的途径，文学变得越来越纯粹了。

记者：对于王安忆、铁凝、陈染、林白等女作家的作品，您有什么评价？在当今活跃的作家中，您喜欢谁的作品。

作者与王安忆在全国文代会上

殷慧芬： 上海的作家我比较喜欢王安忆的作品，她的作品中有一种思考。比如《长恨歌》，它似乎在考证上海，考证它的怀旧的意义，考证它作为一个城市存在的资格。她花了很多的力气，做得非常好。一部好的小说能够创造一个城市。

记者： 您认为文学创作最本质的意义是什么？在您的思维中，文学是什么？

殷慧芬： 文学创作的意义在于真实，在于个性。一个没有个性的人物，你赋予她再多的美丽，也是没有意义的。文学对于作者来说，是一种倾诉，一种无可逃避的命运，是感恩回报，回报母亲，回报生活。对于读者来说（作者本身也是读者），文学带给你心灵上的抚慰，甚至是一种生存方式。

关于爱情

记者： 您是如何看待爱情的，您相信海枯石烂的爱情吗?

殷慧芬： 我相信由爱情慢慢转化成的亲情，这样的关系才是长久的。真正的爱情总是短暂的，甚至是一种瞬间的感觉。流传千古的爱情，比如朱丽叶和罗密欧、梁山伯和祝英台，因为短暂所以永恒。

（原载《上海新书报》2001 年 9 月 2 日）

后记

殷慧芬在小说创作上的成就有目共睹，她的长篇小说得到过中宣部“五个一工程奖”、“上海文化艺术优秀成果奖”等中央和地方的最高文学奖项，她的中短篇小说也相当出色，得到过茹志鹃、王安忆等文学大家的充分赞赏。有评论家甚至觉得，殷慧芬的不少小说作品，“是可以传世的”，屡屡获得“上海长中篇小说优秀作品大奖”。

殷慧芬在创作相当数量的长中短篇小说的同时，见缝插针，还写了不少散文。她的散文也曾多被称道。原

《解放日报》文艺部主任、“朝花”主编、散文家沈扬先生曾专门撰文赞道：“从她的散文作品中，我一再地感受到她对作品立意和文字经营的认真和细腻。她是有敏锐的散文眼光和丰富的想象力的。”沈扬先生曾编辑过殷慧芬的许多散文随笔，他的欣赏是由衷的。我记得在嘉定的一次作品研讨会上，应邀出席的沈扬先生又一次褒扬殷慧芬的散文：“写小说的作家，同时散文也写得好的不是很多，殷慧芬可算是其中的一位。她的散文文字温婉流畅，还有较为突出的一点是，把善写人物的长处用到散文中来……”

我也很欣赏殷慧芬的散文，因此一直想为她编一本合我意的散文集。好朋友之间往往“心有灵犀”，正在此时，上海书店出版社副总编辑杨柏伟先生约稿来了。近些年，书店社的精装小开本的散文书系“海上文库”风生水起，有声有色，已成了书店社的一个品牌，颇获好评。杨柏伟说，他也想这套书系中为殷慧芬编一本。于是，一拍即合。

杨柏伟在上海人民出版社任职时，曾编过殷慧芬的中短篇小说集《石库门风情画》，在文学圈内颇获好评，荣获“中国女性文学优秀作品大奖”。因此，与杨柏伟，彼此间“源远流长”。我和柏伟商量后，把散文集定名为《一个人的河》。这既是其中一篇题名，更是殷慧芬人生之河的象征。从少年在虹口，到定居嘉定，从平常日子中的为人妇为人母，到文坛的著名作家，一篇篇缀织了殷慧芬“一个人的河”。

我一直喜欢小说家写的散文。优秀的小说家，除了具备散文家的许多优点之外，更在于“形而上”的思考和“形而下”的描述，注意人物刻画、情节铺设，乃至细节描写，想象更丰富，抒情叙事更宏阔，纵横捭阖，大开大合，虽是非虚构，却更绘声绘色，引人入胜。殷慧芬的散文是具备这些特点的，相信读者会喜欢。

最后，还是要说几句感谢的话。感谢上海书店出版社，感谢老朋友许仲毅社长，感谢杨柏伟先生。2004年之后，殷慧芬因为眼疾不得不搁下她手中那支心爱的笔，但仲毅、柏伟一直没忘记她，从2008年的小说集《石库门风情画》到2017年的散文集《一个人的河》。这么多年，我们之间一直“茶未凉”。

楼耀福

2017年8月3日

图书在版编目(CIP)数据

一个人的河/殷慧芬著.—上海:上海书店出版
社,2017.9
ISBN 978-7-5458-1491-0
Ⅰ.①一…　Ⅱ.①殷…　Ⅲ.①散文集-中国-当代
Ⅳ.①I267

中国版本图书馆 CIP 数据核字(2017)第 147060 号

一个人的河
殷慧芬/著
责任编辑/杨柏伟　邢　侠　　封面绘画/江　宏
技术编辑/丁　多　　　　　　装帧设计/郦书径
上海世纪出版股份有限公司上海书店出版社出版
上海世纪出版股份有限公司发行中心发行
上海福建中路 193 号　邮政编码/200001
www.ewen.co
全国各地书店经销
江阴金马印刷有限公司印刷
开本 787×1092　1/32　印张 11.75　字数 180,000
2017 年 9 月第 1 版　2017 年 9 月第 1 次印刷
ISBN 978-7-5458-1491-0/I·396
定价:40.00 元